徳間文庫

たゆたいエマノン

梶尾真

徳間書店

CONTENTS

ILLUSTRATION
鶴田謙二

design：coil

たゆたいライトニング

その時代、まだエマノンはヒトの形をしていなかった。正確には、動物と呼べるところまでも進化していない。ただひたすら、たゆたっている記憶だけがあった。思考も五感もまだない。そして海中にあった。

真核生物となり多細胞化を果たして間もない頃のことだった。だから、エマノンと呼ぶには、姿も大きさも違いすぎる。カビに毛が生(は)えたような存在と言った方が適切だろう。かろうじて細胞の中にＤＮＡが納まっているといったものだ。いつの日かエマノンと名乗ることになる存在には自我を感じることもまだ難(むずか)しかった。海の中の生命スープの一部であると思うのが一番近い。

そのエマノンの原始形態がいた海中に、突然、異物が出現した。異物は輝きを放(はな)ち海中に数瞬だけあった。もち論エマノンには見えない。だが意識だけは伝わってきた。エマノンとなる存在にとって、他者の意識を感じるのは初めての、そして強烈な体験だった。異物は、自分がそこに出現したことをエマノンとなる存在に意識として刻みこんだ。
――あなたがエマノンになるのね。わかったわ。ここに来た瞬間に。感じたの。

そして輝いた。

――私はヒカリ。エマノンとは、これから何度も会うことになるのよ。エマノンは、私のこと初めてよね。だって、こんなに遥かな過去へ来たのは初めてなんだもの。よろしく。

異物は、数瞬で輝きとともに消失した。
エマノンとなる存在に刻みこまれたのは、〝ヒカリ〟という名前だった。言葉ではなかった。言語を超えたイメージとして。出現と消滅のときの閃光と同時に。
その後、エマノンとなる存在の前に〝ヒカリ〟は何度か現れた。生物が地上から消えようとするたびに救うために。生物は姿を変え続けた。陸に上がったエマノンは、無脊椎動物だった。それから脊椎を持つ動物へと進化していく。その先は恐竜の亜目だった。エマノンとなる存在は、その後にほ乳類の小動物へと変化していった。恐竜はある時代を境に急速に姿を消し、エマノンとなる存在はその頃に霊長類(れいちょうるい)へと変化したのだと記憶している。それが六千五百万年前のことだ。霊長類ではあるが、この頃のエマノンは、まだヒトの姿にはほど遠い。外観は小型の猿だ。言語はまだない。だから、記憶は日々のできごとが映像として意識の底に無限に積み重(かさ)なっていく。その頃には、エマノンは、自分が他の生命とは違う存在であることに確信は持てなくてもぼんやりと気がついていた。

　そして近くに雷(かみなり)が近付いてきたときに、稲妻(いなずま)の輝きを目撃すると、たゆたっていた時代に海中から感じた閃光のことを思い出す。そして、まだ使うこともできない言葉の筈(はず)なのに、〝ヒカリ〟というイメージが浮かびあがってくるのだった。

　霊長類も、より人間に近い類人猿(るいじんえん)という存在にまで進化したのが、二百万年ほど昔のことだ。

　それからゆっくりと個体間でのコミュニケーション方法が発達していく。言葉ではなくても吠(ほ)える声に感情が加わり、さまざまな動作に表情が足(た)されていった。

　その状態で類人猿は集団毎(ごと)の社会を作り、社会は膨張(ぼうちょう)し、激突し、融合(ゆうごう)したり他集団を滅亡(めっぼう)させたりを繰(く)り返(かえ)した。

　そして時は流れ、類人猿と呼ぶよりも亜人と呼ぶのがふさわしい姿に変わっていく。エマノンも、ほぼ人間に近い背丈(せたけ)を持ち、直立して歩行していた。だが短い体毛だけはまだ全身を覆っていた。それでも知能は発達していた。泥の中には、食べものとなる芋が埋まっていた。芋を洗えば、美味しく食べられる。そんなことに気付き他の亜人に伝える。リーダーの亜人は集団の中でそれぞれの役割を果たし、社会を複雑化させる。だが、エマノンだけはちがっていた。

集団からは離れ、特異な個体として生きていく道を選ぶようになっていた。

百五十万年前の過去。

そのとき、エマノンは、赤道近くの渓谷に生活の拠点を置いていた。あたりは密林と草原の端境だった。天然の洞が切り立つ岩場にあった。そこが、さまざまな点でエマノンには有利だった。凶暴な獣たちから身を守るために洞の中へ潜むことができる。また密林や草原では多くの種類の食料を確保することもできた。岩場に沿って流れる川からは生きるに必要な水を安定して利用することができるのだ。季節が移っても生きるための環境がそれほど過酷になることもなかった。亜人の集団がそこを里にしなかったことの方が、奇跡に思える。

一人で生きるエマノンは、だから数年をそこで過ごしていた。そこでは環境があまりにも恵まれすぎていたためかもしれない。

エマノンには旅をするという本能的な衝動のようなものがある。だが、この期間だけは、そんな衝動はまったく消え失せていた。理由はわからない。共に暮らす群れ、即ち村社会が存在しなかったからかもしれないし、また、その場所で過ごすべき理由があったのかもしれない。その理由とはエマノンにも知ることのかなわないものに違いないのだが。

だが、長期にわたって赤道直下の渓谷に滞在した理由というのは、ひょっとしたらこれかもしれないと考えるのは後になって思い返してみてのことだ。

その理由とはヒカリの出現だ。

密林の闇と洞穴内の闇は、変わるものではない。そのとき、エマノンは、洞穴の岩壁の前に結跏趺坐の姿勢で座っていた。精神を統一させようとか、無の境地に達しようというのではなく、ゆらゆらと上半身をたゆたわせていたのだ。

薄く目を開いていたエマノンは、そのとき予兆を感じた。何かが起こる。そして、その感覚は間違っていなかった。

目の前で閃光を見た。

閃光は一瞬で消え、その場に誰かが残った。

そして、エマノンは思い出した。今の光は初めてではない、と。

遠い昔だ。まだ、今の姿ではなかった昔。母の代でもない。その前の代でもない。昔……。昔……。遥か昔……。

エマノンは記憶の扉の深い底から瞬時に、探りあてていた。同じ光だ。まだ、動物とも呼べなかった大昔。

だが、その正体が何なのかは、まだ、このときのエマノンには摑めていない。しかし、同時に、〝ヒカリ〟という名前を伴っていた。まだエマノンは言葉を話さないが、そのとき意味もわからずに口に出して言った。

「ヒカリ……。ヒカリ……」と。

そのとき、雲の中にあった月が姿を現し、閃光の後に残った存在を照らしだした。

エマノンが知っている亜人や類人猿、原人のいずれとも異なっていた。女性であることだけがわかった。だが、身には奇妙なものを着けていた。背もエマノンよりも随分と高い。手足が長いのだ。ひょろりと痩せていた。しかし、腕も首もまったく毛が生えていない。

この女性は〝ヒカリ〟なのだ。そして、敵ではない。

〝ヒカリ〟は声を放った。恫喝するような吠え声ではない。エマノンが聞いたことのないリズムのあるやさしい声だった。

「あなたはエマノンね。私、〝ヒカリ〟よ。エマノンの言うとおりに跳んだわ。凄いわ。ちゃんと着けたのね」

〝ヒカリ〟は、そう言った。エマノンは言葉はわからない。しかし、〝ヒカリ〟が話すのと同時に、〝ヒカリ〟の心がエマノンの心に飛びこんでくるのがわかった。それだけで言葉はわからなくても〝ヒカリ〟が言いたいことは、すべて受け止めることができた。

わかったことは、〝ヒカリ〟はエマノンのことを信頼しているということ。そして、エマノンのことが大好きだということ。

エマノンはもちろん〝ヒカリ〟のことは、よく知らない。とんでもない過去に、何度か会ったことがあるというイメージがあるだけだ。だが、〝ヒカリ〟の出現はエマノンを安堵させるできごとなのだということが、わかっていた。

月明かりの下、〝ヒカリ〟はゆっくりと近付いてきて、エマノンの横に腰を下ろした。エマノンは、これまで嗅いだことのない香りを感じた。

「エマノン？」

「そう。あなたはエマノンよ。自分のことを私にそう言ったのよ。だから。あなたのことを、私はそう呼ぶの」

〝ヒカリ〟に対して、その瞬間にいくつもの疑問が湧き上がってきた。しかし、エマノンは疑問を抱いてもそれをイメージとして明確に表す術さえも持たなかった。自我さえもその頃はエマノンにとっては不定形のもやもやしたものでしかなかったのだ。だから、このときは明確な質問としては発せられることがないままとなった。

ただ、〝ヒカリ〟は、こう告げた。

「これから、しばらく私はエマノンと一緒に過ごすわ」

「どうして?」

「だって、これはエマノンから教えて貰ったことだから」

もちろん、このときもエマノンの頭の中では、何故? ということだけが渦巻いている状態だ。

そのときから、エマノンは自分のことをエマノンなのだと認識するようになった筈だ。〝ヒカリ〟という不思議な少女は、それから宣言したとおりに渓谷の洞穴でエマノンと暮らし始めた。

最初は〝ヒカリ〟の心とエマノンの心が通じあってさまざまなことを教えあった。それが心だけではなく、少しずつ言葉も交えて話すようになった。心がわかりあえていたからだろうか。エマノンの言語能力はもともと高かったのかもしれない。素晴らしい速度でエマノンは言葉を習得したのだ。

「こんな過去へ来られて嬉しい」と〝ヒカリ〟は言った。「エマノンのことは何でも知りたかったから」と。

だが、エマノンが暮らす時代で生きることには〝ヒカリ〟は不器用だった。〝ヒカリ〟

にとって見るもの触れるものは、まったく初体験のことばかりだったから。

エマノンは亜人たちとも一切関わりを持つことなく過ごしていた。だが、このときの〝ヒカリ〟との邂逅では、これから〝ヒカリ〟と共に過ごすことは極めて自然なことだと受けとめることができた。

この世界での食べものを確保する方法をエマノンは〝ヒカリ〟に教えた。〝ヒカリ〟は火の存在をエマノンに教える。よりおいしい食べものに変える方法だった。そして〝ヒカリ〟はエマノンの手に自分が持っていたものを握らせた。それを使えば、食べものをさまざまに加工できるのだ。

このとき、亜人も原人も誰もまだやらないことをエマノンは学んだことになる。火を扱うことを知り、道具を使うことを覚えたのだ。

道具は〝ヒカリ〟が持っていたナイフだけではない。身のまわりにあった木の枝や石もだし、食料にした生きものの骨を組み合わせたものも新たな道具となった。

エマノンにとっては〝ヒカリ〟との暮らしは新鮮であり、途方もなく楽しいものだった。

そして、エマノンはそれから四六時中、出現した〝ヒカリ〟とともに過ごした。

〝ヒカリ〟の出現は、エマノンを知性的な部分で飛躍的に向上させた。というよりも、エマノンの内部でまだ眠っている能力を〝ヒカリ〟の存在が触媒となっていっきに開花させてしまったのだ。まさに、このときエマノンは正真正銘のヒトへと進化をとげていたのだろう。

言葉が少しずつ通じあうようになる。言語能力が向上するに伴って〝ヒカリ〟が話すことの意味も少しずつわかってきた。そして〝ヒカリ〟がどのような存在であるのかも、ぼんやりと見え始めてきた。

エマノンは、このように〝ヒカリ〟と過ごすのは初めての体験に思える。しかし、〝ヒカリ〟にとっては、エマノンとは何度も出会ってきたということらしい。

最初、エマノンにはその意味がよくわからないままだった。自分が大昔からさまざまに姿を変えて、世代を移ってきた。それはわかる。だが、わかるのは現在迄だ。そこ迄しか理解できる概念は広がらなかった。

だが、ある瞬間に、エマノンの想像力の枠が広がった。

過去から瞬間に現在という思考に加えて、ある瞬間に現在から続く世界、つまり未来という概念が見えたのだ。

そこで、エマノンは目から鱗が落ちたように理解できたのだった。

〝ヒカリ〟がエマノンと何度も会ったという意味もわかった。〝ヒカリ〟が、何故「過去に来られて」と何度も口にするのかという謎も解けた。

〝ヒカリ〟は、まだエマノンが生まれていない次の代の遥か未来の代の世界からやってきている。

同時に〝ヒカリ〟と出会ったことで、自分に与えられた体質を知ることになった。

エマノンは、すべての生きものが、先祖代々からの記憶を引き継いでいるものだと思っていた。実は、そうではなかった。それは、エマノンだけに授けられた特殊な能力であり体質なのだと。

それを〝ヒカリ〟に教えられた。

〝ヒカリ〟は、その事実をエマノン自身から聞かされたのだという。

遥かな未来に。

その事実を理解することは〝ヒカリ〟が何者かを理解することでもあった。

未来で会うことになる〝ヒカリ〟。

自分にこれだけ親しみを感じてくれるのは未来でどのようなできごとがあるのか。

そんなかすかな疑問も湧いたが、そのときのエマノン自身にとっては、まだ実感らしいものは伴っていなかった。今は、〝ヒカリ〟と過ごす時間を大事にしたいと感じていた。

エマノンは〝ヒカリ〟を渓谷内だけにとどまらず、自分が足を踏み入れたことがない場所までも連れていった。

　エマノンは、〝ヒカリ〟が大好きだった。優しくて、活動的で、いろんなことを知っている。このまま〝ヒカリ〟が、ずっと自分と一緒に過ごしてくれたらいいのに、といつかそう願うようになっていた。

「どうして〝ヒカリ〟はいつも私なんかと、過ごしてくれるの？」と思わずエマノンは尋ねてしまう。

「私が、エマノンを大好きだからよ。いつも私が困ったときに答えをくれる。いつも、本当に私のことを心配してくれる。だから一緒にいられるときは、一緒にいたいの」と答えた。それは今ではない、とエマノンは理解できた。それは〝ヒカリ〟の未来での経験のことを伝えているのだろう。これから、未来で大好きな〝ヒカリ〟と会うことになったら、どんな形で自分は彼女に接することになるのか、エマノンにはわかったような気がした。

「ヒカリは、何故、そんなにきれいなの？　肌もすべすべしているの？」

　エマノンは後になって自分がそんな質問をしたことを思いだす。すると〝ヒカリ〟は、こう答えた。

「いつか、きっとエマノンの身の丈は私と同じくらいになって、私より美しくなるわ。でも、そのときは外見なんてどうでもいい、と考えるようになっていると思う。それよりもそのときエマノンはエマノンらしく生きるようになっている。そのときのエマノンは私が憧れてしまうくらい素敵になっているわよ」

　エマノンは、〝ヒカリ〟の言ったことをそのままこのときは記憶した。その意味を理解しないままに。

　楽しい時間はすさまじい速度で過ぎていく。〝ヒカリ〟との時間もエマノンにとってはそうだ。エマノンは、その頃は〝ヒカリ〟はずっとエマノンと共に過ごしてくれるのではないのか？　そう思い始めていた。だが、そうではなかった。

　ある日、〝ヒカリ〟はエマノンに告げた。

「私、もう、この時間にはいられないみたい」

　それまで笑顔だった〝ヒカリ〟が、突然に真顔になっていた。冗談などではないことがエマノンにはわかった。あまりにも突然だった。一緒に作り始めていた土器も完成させてはいなかった。

「それは、どういうこと？　ヒカリにはもう会えないってこと？」

〝ヒカリ〟は大きくゆっくりと首を横に振った。

「これから、何度もエマノンと私は会うことになるのよ。でも、一つの時間にどれだけとどまることができるのかは、わからない。だけどここに私がどのくらいいたのかは、ずっと未来のエマノンから教えて貰ったわ。でも今日がそうだということが私はわかるの。

身体がどこか遠いところに跳ばされるんだ、という予感だけはあるから」

「また、会えるの？」とエマノンは泣きそうになりながら尋ねた。この頃のエマノンは、まだ自分の感情を抑えることは得意ではない。

「また会える。次に会うときは百数十万年後のことだけれど」

その予感は当たっていた。エマノンは、〝ヒカリ〟と離れたくなかったから常に彼女の横に寄り添うように過ごすようになった。だがエマノンの手で彼女を引きとめることはできないということは、そのとき思い知らされた。

エマノンはヒカリに木の実で作ったブローチを渡した。「これ、ヒカリへのプレゼントよ」涙ぐむエマノンにヒカリは頷いた。

あるとき、〝ヒカリ〟は何かを感じてエマノンに向きなおった。

「じゃあ、また」と告げて彼女はエマノンの両肩を握り、瞳を覗きこんだ。それから「瞳は、ずっと変わらないのね」と言った。

閃光に包まれてエマノンの肩から〝ヒカリ〟の手の感触が消えた。

〝ヒカリ〟は最初からそこに存在しなかったように消失していた。そのときにエマノンは学習したのだ。〝ヒカリ〟は出現するとき、そして去っていくときに閃光を伴うのだと。

去る前に〝ヒカリ〟が告げた百数十万年後の時代の再会の日は、エマノンにとっては、次に来るべき希望の日となった。

それから、エマノンは何百万という生を渡ってきた。今までの身体はいつか自分の親の身体となってエマノンは成長し、また次の世代の身体へと渡っていく。

渡っていくという言い方はおかしいかもしれないが、心だけが世代を渡っていくという表現が正しいのだろう。

いつの日か、エマノンは自分の身体から体毛が消えていることに気付いていた。〝ヒカリ〟の姿に一歩近付いたのだ。そして、大人になろうとすると、これ迄よりも身の丈が大きく成長していた。大好きな〝ヒカリ〟の姿により近付いていく。そして、それが生物における進化という現象だとは、エマノンはまだ学習するには至っていない。

だが、この頃はエマノンはすでに自分が旅を続けることが宿命なのだということは悟っていた。

いや、悟るよりも前に、広範囲に世界を訪ねてまわるようになっていたというべきなのか。理由は、エマノンが自分に問いかけることもない。裡から突き上げてくる衝動に従って行動しているだけなのだから。

だが、目的地は、エマノンの心の深い部分で正体のわからない何かにプログラミングされているのではないか。そんな予感は、ぼんやりとあった。しかし、このときのエマノンにとって、それはどうでもいいことだ。

そして、そのときエマノンは中東からアジアへと抜け、今でいうインドネシアの海岸沿いまで足を延ばしていた。

そのときが近いことをエマノンは感じていた。閃光があり、少女が浜辺に出現した。もう、特殊な存在とはエマノンは考えていなかった。自分にとっての唯一(ゆいいつ)の理解者。そう〝ヒカリ〟のことを考えていた。

ただし、今度の〝ヒカリ〟は、百五十万年前の〝ヒカリ〟よりも、ずっと幼い。だが、すでに〝ヒカリ〟はエマノンのことを知っていた。

「エマノン。いてくれたのね」と〝ヒカリ〟はエマノンを見て言った。心から安心できるという表情を浮かべて。

輝きがおさまり姿を現した少女が〝ヒカリ〟であることはエマノンにはすぐにわかった。少女は嬉しそうにエマノンの両足に抱きついていた。そして言った。「エマノンは嘘言わない。ちゃんといてくれる」

どのくらい一緒にいられるのかは、わからない。だが、幼い少女を一人きりにするわけにはいかない。エマノンは〝ヒカリ〟の手を引き、しばらく一緒に旅をした。

「もっと、子供の頃にエマノンに会ったのよ。見知らぬ場所に跳んだとき。そこで待っていてくれたの。エマノンが」

「日本なのね」

「どうしてわかるの？」

「〝ヒカリ〟が話す言葉でわかるわ。私も、もう何度も訪ねた」

「そう。私は日本で生まれた。跳ぶって知る前は、ずっと日本で育った。父さんが言ってた。私の名前が〝ヒカリ〟というのは、エマノンという人に教えてもらったんだって。母さんが教えてくれた。エマノンってあなたね」

それは、ずっとずっと未来のことなのだとエマノンは思う。しかし、〝ヒカリ〟がそう言うのなら、そうなのかもしれない、と思っていた。

「わからないわ。でも、きっとそうなるのかもね」と答えた。

〝ヒカリ〟は、その答えを聞いて嬉しそうな笑顔を浮かべた。そのときから、エマノンにとって〝ヒカリ〟は、ヒカリになったのだ。

まだ、この頃のヒカリは、自分がどのような能力を持っているのかわかってはいなかった。何やら驚くようなできごとに出会うと、無意識に時を跳んでしまうことがあった。突然、目の前に巨大なカエルが飛び出してきたとき、驚いて光を放ち、ヒカリは消えた。

その数時間後に、同じ場所で激しい光が見えたのでエマノンは駈（か）けつけた。

予感は、当たっていた。ヒカリの姿が、そこにあった。数時間をヒカリは跳んだのだ。

無意識のうちに。

「痒いの」と、ヒカリは手の甲を掻いていた。何故だかは、わからない。時を超えようとすると皮膚が刺激を受けるらしい。

「大丈夫なの？」

エマノンが尋ねるとヒカリは頷いてみせた。

「少しなおってきた。我慢できるわ」

ヒカリは、自分の体質にも、自分に与えられた能力にも、まだ戸惑っていた。ヒカリはエマノンとは違う。まだ、この世に生を授かって、数年が経ったばかりなのだ。

そして、たどたどしい言葉でヒカリは、自分のことを伝えたのだ。

今は、日本に住んでいる、と。それも、山奥で母親と二人で。

「二人だけで？」

「そう。お父さんは亡くなったって。お母さんから聞いたわ。私が生まれてすぐのことだったって」

そして、エマノンと会ったのだという。母親以外に、家の近くで人と出会うことはほとんどなかった。母と一緒に遊び、木の実や蔓を使って飾りものを作って過ごしていたのだという。時々、母に連れられて街へ出かけることはあったようだが。そこで生活のために母は作りためたアクセサリーを店に卸し、生活に必要なものを買い求めて住まいに帰ったという。

ヒカリは、最初、家の近くでエマノンに出会ったと話した。

まだ、時を跳んだりする自分の力に気がついていないときのことだったという。

初めてエマノンに会ったとき、ヒカリはなんと素敵なお姉さんだろう、と思ったそうだ。

「目が素敵だったわ。そんな瞳のきれいなお姉さんは、いい人に決まっている。そう思ったの」

そして、今のエマノンが、そのときのエマノンと同じ人なのは瞳を見るだけで、わかると。

「ヒカリちゃんは、他の人と違うの。時間を跳ぶ能力があるのよ。それは、ある時に突然に起こるんだって。もし、その時が来てもヒカリちゃんは決して怖がらないで。どこへ跳ぶのか、最初は予想もつかないと思うから。なにかの拍子に、それは起こるの。そんな時は私のことを思いだして。私はエマノン。ヒカリちゃんに私の名は教わったのよ。私のことをしっかり考えて。私の所に行けるから」

初めてエマノンに会ったヒカリに、実はエマノンはそう告げていた。しかし、ヒカリが正確に理解していたかどうかは定かではない。だが、自分の身に奇妙なことが起こるときは、エマノンを頼ればいいということは、断片的にもかかわらずヒカリは肝に銘じた筈だ。だから、ヒカリの身にこれまでにない感覚が訪れたとき、反射的にエマノンのことを考えたのだという。「助けて。エマノン」と呟いていた、とも言った。

幸いなことに、初めて時跳びを経験したときも、次の時跳びも、ヒカリはエマノンの近くに現れた。まるで、おたがいが磁石で引かれあうかのように。

もちろん、エマノンのまわりにヒカリが出現していないケースの方が圧倒的に多かった。エマノンは数十億年を生きてきているのだ。ヒカリの生は、たかだか数十年もない。比較することこそおかしい。瞬間と永遠を対比させるようなものだ。

旅先に日本を無意識に選んでしまう傾向がエマノンに生まれたのは、ヒカリの存在が大きい。そして世代を移るために選ぶ、かりそめの配偶者に日本人が多いのも、背後にそのような理由がある。

だが、この頃を境にして、エマノンがヒカリと出会う頻度が高くなったのは事実だ。頻度が高くなったといっても、エマノンの一世代に数回出会うかといったものだ。縁がなければ、その世代でまったく巡りあわないことさえあった。数時間の再会で旅立つこともあれば、数年間一緒に旅をすることもある。そんな摑みどころのないヒカリだった。

あるときから、ヒカリは本名を布川暉里（ぬのかわひかり）というのだと彼女自身から教わっていた。だんだんとエマノンが生きる時間がヒカリが生まれる時間に近付いていくと、より二人はおたがいのことを知るようになっていった。

　エマノンは、自分の存在の意味を知ったとは、まだ言えない。そしてヒカリも「何故、私みたいな者が存在するのかしら」と疑問を口にするようになっていた。

　旅の途中のエマノンの前にヒカリは唐突（とうとつ）に現れることもあれば、予定通りに現れることもあった。予定通りとは、ヒカリがエマノンに未来のある時点で出会った経緯（けいい）を告げる。それがこれからヒカリと会うことになる予定となるのだ。

　幼い頃や子どもの頃のヒカリは、時を跳ぶときは必死でエマノンを思い浮かべていることを知る。そして目の前に出現するヒカリのためにエマノンは痒みどめをデイパックの中に常備することにしていた。手の甲や首筋に塗（ぬ）りこんでやれば、かなり痒みを緩和（かんわ）できる。ある程度成長したヒカリは、跳時の際の皮膚炎は起こさなくなるのだが、幼い頃はやはり皮膚が敏感なのかもしれない。そしてヒカリもエマノンに頼ることをいつか学習していた。突然出現したとき、最初エマノンにはヒカリの肌をさすってやることしかできなかった。

　それから適切な炎症治療のクリームを手に入れるまでは、さまざまな民間治療の効果があるという軟膏（なんこう）や馬油（バーユ）を準備していたものだ。

ヒカリが、そのとき現れることは、エマノンは予期していなかった。これまでのエマノンとの邂逅をすべて報告するわけではない。そして成長したヒカリが時を跳ぶ先で必ずエマノンがいたわけでもないのだ。自分の能力をはっきりと自覚する程に成長したヒカリは、何のためにそんな力を自分が授かったのかを考え始める。自分の存在理由の疑問だ。エマノンが長の年月に自分の存在理由を捜し続けているように、ヒカリも何故自分が人と違うように生まれついたかを知りたがっている。すると、時を跳ぶ先もさまざまな理由が輻輳してのことがあるし、行ってみたい時代、確認したい場所も生まれる。

　そのときのヒカリは、とんでもない過去へ跳んだ後のようだった。

　その世界は、まだエマノンさえも存在しない世界だったという。

闇だけがあったと。

　そこにヒカリは跳んだと。

　数瞬だけ闇の中にいて、弾かれるように、その時代から消えて、気がついたら、この時間にいたのだという。

　闇だけしかない世界にヒカリは輝きとともに出現したというのだ。その光景をエマノンは想像していた。

　そして、同時に思いだしていた。いつの世代だったか、エマノンは聖書を読んだことがあった。創世記だ。

その天地創造の第一日で、こう書かれていたことを思いだしていた。

〈神、光あれといいたまいければ　光ありき〉

闇だけの世界にヒカリが出現し、輝いたこと。それが創造の第一日ではなかったのか。

エマノンは、そんな連想を持った程だ。

ヒカリあれということで、呼ばれて跳んだのでは……。まさか。

その体験はヒカリにとっても大変なショックだったようだった。

これ迄知っているヒカリには落ち着いた印象があった。それでも動揺がなかなか鎮(しず)まらないようだった。十五、六歳だろうか。

「何故、そんな、この世が始まってもいないような所へ跳んだの？」

「びっくりしたことがあったの。どうしていいかわからず、私、跳べるだけ思いっきり時を跳んだ。誰もいなかった。生きもの何ひとつ」

「びっくりしたことって何？」

「私、自分のお墓を見たわ。私の名前が刻まれていた。私、ずっと、幼い頃から、そのお墓の側(そば)で育ったの。父だけが入っていると思っていた。でも違った。苔(こけ)むしていて字が読めていなかった。苔をはがしたら、私の名前が出てきた。〈暉里〉って。私、父よりもずっと昔に死んでいたのよ。私はずっと自分のお墓の側で育ってきたわけ。信じられる？それに気がつかなかったなんて」

天地が始まる世界にヒカリはどのくらいの時間滞在したのかわからなかった。しかし、このときエマノンの前に姿を現したヒカリは、口調こそ冷静さを保っていたものの、その唇はかすかに震え続けていた。それほどにショックが尾を引き続けていたらしい。

「名前だけじゃなかった。墓石には、私が死ぬ日が刻まれていた」とも言った。それからヒカリは黙った。エマノンはヒカリの肩を抱き、やさしく背中をさすった。すると、やっとヒカリの声は落ち着きを取り戻したようだ。

「ありがとう」とエマノンに告げて、続けた。

「お願いがあるの」

「なあに」

「私が死ぬときは、私の側にエマノンがついていて。私にとってはエマノンが一番近い存在だから。エマノンが側にいてくれるだけでいい」

「わかった。約束するわ」

「よかった」

そう漏らしたヒカリは心の底からの気持ちだったようだ。そして、エマノンは続けた。

「でも、ヒカリ。あまり気にしないで。寿命が終わる日といっても普通の人とあなたは違うのよ。ヒカリがどのくらい生きて普通の人の何歳くらいになるのかもわからない。それまでのヒカリは、いろんな時代のいろんな時間を跳び移っているのだから。その墓が最後の地かもしれないけれど、どれだけの時間を生きたかということとは、また別の話だから」

エマノンの言葉の意味を反芻したのだろう。ヒカリは表情を和らげて何度か頷いていた。

「まだ、私もヒカリに話していないできごとがいくつかあるわ。私は、何度かヒカリに生命を助けられたことがあるの。私がまだヒトの姿に進化する前だったとき。隕石衝突の異常気象で生物が絶滅しかけたこともあるし、突然に宇宙線シャワーが降り注いだとき。安全な場所に導いてくれた」

そのとき、まだ、ヒカリはそんな経験をしていなかった。

「それは、これから私がきっとやることなのね」とヒカリは半ば呟くように言ったのだった。

ヒカリは出現すると、今回もエマノンと会えたことを喜び、ヒカリが跳んでくる前の時間の様子について報告した。エマノンの前に常にヒカリがいるわけではない。圧倒的にヒカリが存在しないときの方が多い。だから、エマノンはヒカリに好きなように話させていた。そんなヒカリが話す内容でこれからの未来が垣間見えたりする。ある種の生命が滅亡する危機があるときは衝動に従い、それに対処した。何が基準となるのかは、わからない。地球上すべての生命の存亡に関係あるときは、ヒカリも危機を回避する行動をエマノンに求めた。しかし、いつものことではない。

「それが、私の使命なのかしら」とヒカリはエマノンに漏らした。エマノンは、それに答えることはしない。答えが導かれたことはないからだ。

エマノンがヒカリに、こう尋ねたことはある。

「ヒカリが、これから跳んでいくことになる時代でのできごとは教えておいた方がいい？知らない方がいい？」

そのエマノンにとっての過去のできごともヒカリにとっては未来のできごとであったりする。

ヒカリは、即答を避けた。だから、この問いかけはエマノンは二度としないし、過去のエマノンとの接触もヒカリに尋ねられない限りは話さないことにした。

ルールらしきものは作らないままだ。必要だと思うできごとをヒカリは判断し、エマノンに伝えた。時として、ヒカリはエマノンと世間話を交わすことだけに終始した。それは、エマノンと過ごせればいいと彼女が考えたからだ、と思う。

ある象徴的なできごとがある。

一九二三年九月のこと。エマノンは日本の関東地区にいた。そのとき、エマノンの前にヒカリが現れた。激しい閃光とともに。

ヒカリは、十五、六歳の外見に見えた。エマノンの前にヒカリが現れるのは、ずいぶん久しぶりのことだった。

「ヒカリ！　変わりないわね」それからヒカリにすぐに現在の年、月、日を伝えた。それはヒカリがすぐに時代認識ができるようにエマノンの前に出現したら、まず最初にそれを伝えることになっていた。

もうすぐ朝十時だった。駅のベンチにいた。

「えっ？　どうして」とヒカリは言った。蒼白(そうはく)な顔色だった。「時間がない」肩も頬(ほお)も手も震えていることがわかった。いつものヒカリの様子ではないと、エマノンにはすぐにわかった。何がヒカリをそうさせているのか、エマノンにはわからない。なんの時間がない、というのか。ヒカリが、その時間軸に止(とど)まれないということなのか。ヒカリがこれから伝えようとしていることを成し遂(と)げるには時間がない、ということなのか。

エマノンは震えを止めようとヒカリの肩を両手で握った。ヒカリは口を開いた。それから、エマノンに何かを伝えようとした。

それがヒカリの限界だった。

エマノンの両手から、ふっと手応(てごた)えが消えた。同時にヒカリが出現したときの閃光が。

ヒカリが消失していた。エマノンの前に現れて、消失する迄、わずか十分足らず。終始様子がおかしかった。負の表情のまま。何かを決意して言いかけたというのに。何を伝えようとしたのか。唇を動かしかけて、消えてしまうとは。

それから、二時間後、エマノンは、通りで激しい揺れに襲(おそ)われた。

九月一日、十一時五十八分だった。ヒカリがあのとき何を伝えようとしたのかを瞬時に悟った。そのとき、エマノンは地中からの唸(うな)りを聞いていた。地面が渦を描(えが)くようにぐるぐると揺れた。あたりで家屋が崩壊(ほうかい)する音が響き続けた。立ち続けられず膝(ひざ)をついた。

そのときエマノンは、何もできなかった。街が変貌(へんぼう)していく。あたりの光景を目にして息を呑(の)んだ。崩壊する家々。異臭。パニックを起こした人々。その前日までの街が地獄図に変わっていた。そして遠くでは煙が何ヵ所も見える。火災が発生している。どれほどの地域が被災しているのか、エマノンが見回しても見当(けんとう)がつかなかった。

地震だ。これほどの激烈(げきれつ)な揺れは久しくエマノンも体験していなかった。

悲鳴が四方から聞こえる。しかし、エマノンの頭の中は真っ白になっていた。何かをやらなければならないという想いが衝(つ)き上げてくるが、身体の自由がきかない。

誰かが、エマノンの身体を支えた。眩しい光の中から腕が伸びて。

やっとエマノンはその腕に摑まる。光には見覚えがあった。

ヒカリだ。

この激震が、関東大震災だ。東京、神奈川で十万人を遥かに超える人々が犠牲になった。

その渦中にエマノンとヒカリはいたのだ。

百三十六件の火災、建物倒壊、十メートル以上の津波、山崩れ、崖崩れが二人の視点以外の場所で発生している。

ヒカリは、エマノンを救うために現れたのではない。エマノンはヒカリの腕に頼ったが、ヒカリも到着したと同時に地異に気付き、本能的に、そして反射的にエマノンにすがったようだった。

そして、揺れが鎮まったことにエマノンは気付いた。

「どうしたの？　これは、いったいどうなっているの？」エマノンは尋ねた。

「知らなかった。ここって……今は関東大震災が起こったばかりなの？」とヒカリは答えた。それで、エマノンは理解した。二時間前に現れたヒカリは、これから彼女が跳んだヒカリだったということを。

周囲では、まだ方々で悲鳴が続いていた。エマノンも、まだ頭の整理ができない。何をなすべきなのかもわからない。自分がヒカリに救われたのか？　それとも、ヒカリを救ったことになるのか？　それは判断つかなかった。

ただ、一つわかったのは、二時間前に現れたヒカリは、この後に跳んだショック状態のヒカリだったのではないかということだ。だから、極度の動揺状態で、何も伝えることができなかったのではないか……？

それから、エマノンは思う。

あのとき、出現したヒカリに年月日を伝えた。地震の数時間前だということは、いかにヒカリが動揺していたとしてもすぐにわかった筈だ。

何故、もうすぐ発生する大地震のことを一言も言わなかったのか。言う必要もないと思ったのか？

この世代にエマノンが移ってから、ヒカリがエマノンの前に現れるのは、あれが初めてだった。だから、関東大震災に関してヒカリが告げることができるのは、あのときだけだった筈だ。

今回もヒカリの滞在時間は短かった。

「これって……後世に残る程の地震なの？　ヒカリが、今言った関東大震災って」

エマノンが問うたが、ヒカリは首を傾げたままだった。

それから「こんなに、ひどいって……」とヒカリが言いかけたときにヒカリは輝いた。

エマノンは、そのときまじまじとヒカリの発光現象を目に焼きつけた。光源はヒカリの体内にあるようだ。ヒカリ自身の内部から肌を通過した光が四方に拡散していた。まるで、ヒカリが人工の発光体であるかのようだった。そのまま輝きが極限まで強まったときに、ヒカリは消失してしまっていた。

それから、しばらくは、エマノンの前にヒカリが現れることはなかった。

その後にエマノンは知るのだ。ヒカリが言ったように、あの地震が関東大震災と呼ばれるものであったことを。凄絶なまでの被災規模を。

地震にエマノンが遭遇する二時間前に、ヒカリは現れた。

どうしても疑問が残る。

どれだけヒカリが動揺から醒めきれずにいたとしても、何故、これから巨大地震が起こると一言話してくれなかったのか？　しかし、ヒカリは何も言ってくれなかった。

それまでのエマノンの記憶の中にも、凄絶な天変地異の記憶がある。その場に居合わせなくても、壊滅した都市が旅の途中で出現することがあった。火山の噴火によって焦土に覆われた集落や、濁流で流されてしまった街。そんな場所に思いがけず立ち寄るたびに、エマノンは自分の無力さに心折れてしまうのだった。

無数に体験してきていることだが、馴れることは、まずない。その度に、人々が信じている神とは、なんと残酷なものだろうと考えてしまうのだ。そして思ったりする。もし、創造の神が存在したとして、その神はひょっとしてここに人類が誕生していることも気がついていないのではないか、と。だからこそ自ずから創造した生きものたち、そして人類に災いが襲いかかってくるのではないか。

もし、ヒカリがあのとき迫りくる大地震のことを知っていたら。一人でも多く犠牲者を減らすことができたのではないか。

そんな考えが、エマノンの心の中で浮かんでは消え、消えては浮かびを続ける。

そして、その世代のエマノンは旅を続け、あるとき突然に次世代のエマノンに引き継がねばならないという衝動に駈られる。衝動は、異性へと導いてくれる。異性がエマノンを拒むことはありえない。そして次の世代のエマノンを胎内に宿し、時が満ちて新たなエマノンが生を受けるのだ。

エマノンの心にも新たな体験が積み重なっていく。関東大震災の悲惨な記憶が消えることはないが、その時点以降もより悲劇的なできごとや心が荒廃してしまうようなできごとが起こり、自分自身への怒りや不条理が、その記憶の上に幾重にも上塗りされていく。すると、心の痛みが少しだけ風化したような気になるのだ。

それは、あたかも受けた痛みが一定レベルを超えて持続するとき痛みを感じさせなくなる肉体の防禦システムのようでもある。記憶の重圧を緩和させるシステムと言えばいいのか。

すると、ヒカリに再会したときに尋ねようと考えていたことも、それほど重要に思えなくなってくる。

どうして、数時間後に迫った震災のことを自分に告げなかったのか？　もし、知っていたら、すぐにでも行動を起こしていた。そう思ったものだ。だが、ヒカリにその事実を告げられたら、どのような行動を起こしていたろうか。

一人でも多くの人たちに災害から自衛するように伝えたかもしれない。それで、どのくらい効果をあげただろう。

何人を救うことができたか……。百人……二百人。いや、これから発生する災厄のことをどうやって知らせる。

では、残りの犠牲者についてはどうだ。十数万人の死を防ぐことができたのか？

エマノンはそれが不可能であることは、すぐに悟る。火山灰の下に埋もれた被災都市を訪れたときと同じような砂を嚙む虚しさに襲われた。そのときと同じ種類の感情が湧いていることに気付いていた。

同時に悟りもある。それは諦念にも近い。自分がヒカリから災厄を教わっていたとしても、ほとんど何も為すことはできなかったろう、と。何故、災厄の到来を教えなかったのか？　ヒカリを責めるのは、おこがましいことではないのか。真に地球上の生命が絶えようとする危機のときは、ヒカリは現れ手を伸ばし救ってくれたではないか。

もちろん、その境がどこにあるのかは、わかる筈がなかった。エマノンにもわからないことだ。ヒカリにもわかる筈はないのではないか、とエマノンは思えるようになった。

次にヒカリが出現したときは、エマノンはまだ肉体的には幼かった。そして、そこは日本ではなかった。国名としてユーゴスラビアと称する、それも北西部の山岳地帯だった。後にユーゴは分裂して、そこはスロベニアという国となる。

そのときのエマノンの肉体年齢は八歳だ。ユーゴスラビアのアルプス山脈近くから南下してアドリア海からイタリアを目指していた。そこで、エマノンの裡で次世代へ移る衝動が起こった。男性は、林業に従事する若者だった。正体不明の筈のエマノンを労り、献身的に養ってくれた。そして、今の幼いエマノンがいる。もち論、エマノンは父親にも記憶を喪失した先代のエマノンにも自分の正体は話していない。

夕方、エマノンは、窓の外に光を見た。あわてて窓際に駈け寄ると、輝きが森の中で消える瞬間だった。その光はエマノンが待ち望んでいたものだった。何十年振りだろう。それがヒカリがエマノンを訪ねてきたものであることを確信していた。

　エマノンは丸太を組んだ家を飛び出し、光を目撃した森へとひた走った。

やはりブナの巨木の間にエマノンがよく知るヒカリがいた。見知らぬ土地であること。夕闇が迫っていること。そして着いた場所にエマノンがいなかったことで、不安を隠せない様子だ。

「私よ。今は一九三五年十一月十日。場所はユーゴスラビア」そう日本語で伝えた。関東大震災のときの姿とヒカリはほとんど変わりなかった。あれから、ヒカリはここへ跳んできたのだろう。

　かつては「何故、あのとき地震が起こるからと教えてくれなかったの？」と尋ねるつもりでいた。そんな疑問を胸に溜めていた日もあった。

　ヒカリにとっては、エマノンとの逢瀬はそれほど時間経過がなかったかもしれない。しかし、エマノンにとっては十数年振りのことだ。

　おたがいが駆け寄り、抱き合っていた。かつてエマノンが抱いていた疑問はどうでもよくなっていた。ただ久しぶりの再会が嬉しかった。ヒカリは見知らぬ異国へ跳んで幼いとはいえエマノンと出会えたことが嬉しかったに違いない。

「エマノンね。色が白いわね」

「そう。父さんが、この国の人だから」

ヒカリは、エマノンの顔を覗きこむ。

「やはりエマノンだわ。目を見ればわかる」

ヒカリが笑う。エマノンも笑った。ヒカリは日本語しか話さないのだ。

「もう陽(ひ)が落ちる。この時間にどのくらいいられるの？　何時間くらい？　それとも何日？」

「まだ、引っぱられない。何も感じていないから、しばらくはここに止(とど)まれるかも」

陽が落ちてから冷えこみが急速に厳しくなることをエマノンは知っていた。先の代のエマノンが、今の父親と知りあうことになったのも、寒さの中で凍死(とうし)寸前のところを彼に救われてのことだった。

「じゃあ、私と一緒に来て。このままここでは夜は過ごせないから」

エマノンは、家へとヒカリを連れていった。家には父親と母親しかいない。母親は先代のエマノンであり、父親はかつての自分を妻として愛してくれた男だ。もちろん今の両親は自分の娘が何者なのかは気がついていない。「道にはぐれたお姉さんがいたから、連れてきたわ」と父親にヒカリを紹介した。人のいい父親だった。困っている者を見れば手を貸さずにはいられなかった。鍋を火にかけていた母親を見てヒカリは息を呑んだ。先代のエマノンだった。

「エマノンによく似ているな。同じ国の娘さんじゃないのか？　そんな季節なのかな。エマノンと最初に会ったのがこの時期だった。今でも昨日のことのように覚えているよ。なあエマノン」

父親は母親のことをそう呼んでいた。そして父親が子どものエマノンをこう呼ぶのを聞いた。

「それはティナの人助けだ。しばらくしたら里に下らなければならない用事もあるから、そのとき、連れていってあげよう。それでいいかね」

屈強そうな父親は、そう言った。母親は、しばらくヒカリの顔を見た。

「寒かったろう。もうすぐ食事ができるからそこいらでティナと一緒に過ごしたらいいよ」とヒカリの理解できない言葉で言った。ヒカリは日本の言葉で「お世話になります」と頭を下げる。母親が反射的に「どういたしまして」と日本語で答えていた。ヒカリが母親に話しかける。

「私のこと、わかる？」やはり日本語だ。すると母親は戸惑ったように首を傾げた。

子どものエマノンは、ヒカリに伝えた。「わからないわ。私を産んだときから私じゃないのだから」

「でも、今、日本語で答えたわ」

「時々、身体に染みついた記憶が復元することがあるのよ。他はもう、ユーゴスラビアでの生活の記憶しかないわ」

子どものエマノンは両親を驚かせないよう囁くようにヒカリに教えた。

父親は鷹揚だった。母親に似た女性であれば自分にわからない言語を話すのは当然だろう。その程度に軽く考えていたのかもしれない。

「その子の名はヒカリというのかね。じゃあ、ティナのベッドで一緒に寝ればいい」

そういうことになった。

それから、ヒカリは次の時跳びまでの時間を子どものエマノン、つまりティナと一緒に過ごすことになった。昼間は、森の中でキノコを探し、蜂の巣を見つけて蜜を採集した。食べられる草のことについてエマノンは教えてくれた。そして、その食べ方についても。それはエマノンが長の年月旅を続けてきて得た知識だった。たかだか十数年生きてきたヒカリよりも圧倒的に詳しいのは当然なのだ。その知恵が使えればと、サバイバルですぐに役に立ちそうなものを伝授したということだ。森の中の小屋では、他に娯楽らしいものは何もなかった。だから、食事が夕方終わった後、エマノンとヒカリはベッドの中で遅くまで語りあった。内容は他愛もないことばかりだ。おたがいが続けている旅についてのできごとを話すのだ。エマノンは、異国の旅でのできごとを。ヒカリは時を超えた旅のできごとを。

しかし、エマノンは天災の寸前にヒカリと出会ったときのことを、もう尋ねようとはしなかった。エマノンには、ヒカリがそのようなことは思い出したくもないだろうし、触れたくもない話題であることが、よくわかったからだ。代わりに話題に出るのは、ヒカリが幼い日に育った山間部に咲いていた花のこと、そして秋になって実を結んだときにどのように採っていたか。

ヒカリが知りたがったのは、エマノンが自分と会ったことを憶えている一番、古い時代のこと。そして、ヒカリ自身とこれまで、どんな話をしたか。ヒカリと一緒に経験したことで、一番楽しかったことは？

エマノンもヒカリもそのようなときは、すべてのつらいできごとを忘れて他愛もなく笑い転げて時が過ぎていくのだった。二人は特殊な存在ではなかった。世の中のどこにでもいる仲のよい女友達同士だった。

ヒカリは、ある朝感じた。もうすぐ、ユーゴスラビアに来て十日も経とうとしていた。

「もう……跳んでしまうみたい。明日か、明後日。近付いていることがわかるわ」

それはエマノンにとっても淋しいことだった。この生では、もうヒカリには会えないかもしれないのだから。

「私に話しておくこと、言い忘れていたことはないの？」

ヒカリは首を横に振った。ない、ということなのか、言う必要もない、ということなのかはわからない。しかし、ヒカリがそう言うのであればそれ以上はエマノンは尋ねることはしなかった。

ただ、その夜、ヒカリはベッドの中でひとり言のようにエマノンに言った。

「一つだけ、私は願いがあるの」

「なんなの？」

「私、お父さんに会いたい」

ヒカリは父親と暮らした記憶がないというのだ。ものごころがつく前に、すでに他界しているのだという。

「そのうち、会えるんじゃないかしら」

ヒカリは頷いた。聞くと、ヒカリは自分の父親の出身地も経歴も名前もすべて、これまでの人生で調べて承知しているのだった。このときは、まだヒカリの父親は生まれていない。

「父は、一九七三年の生まれだって。名前は布川輝良（あきら）」

ヒカリは写真を隠し持っていた。母親から貰ったものだという。一枚の変色した写真。ヒカリは、その写真を何度眺めたのだろう。写真にいくつも折れ曲がった筋がついていた。若者が立っていた。目と口元がヒカリに似ている。二十七、八歳くらいだろう。黒っぽいデニムのズボンで、ボタンダウンのシャツを着て爽やかに笑っていた。

「どんなお父さんだったの？」

ヒカリは首を横に振った。

「何度か幼い頃に抱き上げられたことは覚えている。でも、それ以外は何も覚えていないわ。できたら、父とゆっくり話をして過ごす時間が欲しい」

「きっと、お父さんと会える時間があると思うわ」再びエマノンは勇気づける。

そして、それ迄明るかったヒカリの口調が変わった。

「でも……」

「どうしたの？」

「どんな父なんだろう、とよく想像するの。とても会いたいけれど、もし会えて、父が私が考えていたような人ではなかったら、どうしようって。そう考えると、とても怖い。こんな体質に、何故私を生んだの？　って責めるような気もするし」

「それは、ひょっとしてお父さんに責任があると考えているの？　ヒカリのその体質は？

そして、そんな能力は必要なかったと考えているのね」

「きっと、普通の私だったら、エマノンと会えていなかったかもしれないね。もし、そうだったとしたら、やはり、今の方がいいわ」

自分の父親に責任があるとは露ほども思っていないだろうことが、エマノンにはわかった。以降、一言もヒカリの口からは父親を責める言葉は出なかったからだ。

その夜、エマノンとヒカリが眠りについた後、突然の閃光があった。

エマノンにはわかっていた。ヒカリが新たな時間に旅立っていったことを。

部屋の向こう側で眠っていたエマノンの両親も、ヒカリが放った閃光には起こされていた。だが、エマノンに何も尋ねることはなく、再び眠りについていた。ヒカリは、そのまま別の時間へと跳び去ったのだ。

それから、これもヒカリの能力の一つなのだと気付くことがある。

翌朝、両親の口からまったくヒカリの話題が出ることはなかった。ヒカリの話題ばかりか、深夜、ヒカリが去るときに放った激しい光についても尋ねられることはなかった。

それは不思議だった。

その翌日に父親が用事で里へ下ると言いだした。その機会に、ヒカリを里へ連れていこう、と父親は言っていた筈だ。

「今日は、里に行ってくる。帰りは少し遅くなるかもしれない」と馬車に乗った父親は言った。そして頭をひねった。「それから……それから……。もう一つ何かあった気がするのだが」と思い出そうとする。

エマノンは奇妙に思えた。父の方からヒカリを里に連れていこうと言いだしていたのではなかったか？

「ヒカリのことじゃないの？」

エマノンは何か引っかかるものを感じて、そう尋ねた。父親は自分の娘ティナを凝視(ぎょうし)した。

「ヒカリ……。今、ティナはヒカリと言ったのか？　ヒカリって何のことかね」

それ以上のことはエマノンは説明しなかった。

「んーん。何でもないのよ」

「そうか。ヒカリなんて、初めて聞く。人の名か？　それとも道具の名か？」

そして、エマノンは知った。これも、ヒカリの能力の一部なのだと。

ヒカリが他の時間へ旅立つと、その時間でヒカリを知っていた人々はヒカリに関する記憶を一切失ってしまう。

何故、そうなるのか……。すべての時間に存在するかもしれないヒカリは物理法則に反する存在でもあるのだ。そこから、いくつもの矛盾が生じてくる可能性がある。その矛盾を消し去る力が必要になる。ヒカリがその時間にいたことを誰も覚えていなければヒカリは存在しなかったことになる。

誰もいない深山で大木が倒れたとき、大木は倒れる音を発したか、発しなかったか？という命題がある。誰もいなければ、倒れた音を聞いた者もいない。つまり音も発生しなかったに等しい。

そう。時を跳んだ先で出会った人々はヒカリのことは彼女が去った瞬間に忘れてしまう。だが、エマノンは違う。エマノンには、その力は及ばないようだ。ヒカリのこの力については、初めてエマノンは知った。

それからもエマノンの前にヒカリが姿を現すのは不規則なままだった。まるまる一世代、エマノンの前に姿を見せないこともあったし、一つの世代で何度も会いに来ることもあった。だが、家族がいる幼いエマノンの所にヒカリが現れたのは、ユーゴスラビアの森林地帯にいたときだけだ。

ヒカリは、会ったときにエマノンに年月日だけを確認し、それ以外は時代については必要以上のことは何も語らなかった。いつしか、それは、おたがいの無言のルールのようになった。

それから、エマノンは考えるようになった。自分にとって、ヒカリはどのような存在なのか？　何故、ヒカリが自分に好意を持ってくれ、不定期に自分の前に現れるのか。そしてヒカリが去ってもエマノンだけはヒカリのことを忘れたことはなかった。

あるとき、エマノンはふと思った。もちろん隣にヒカリがいないとき。ヒカリがいない世界で。

もし、ヒカリが存在しなかったら……。

そう考えるとヒカリの存在理由がわかるような気がすることもある。

エマノンという特殊な存在を生み出したものが、もしいたとすれば、ヒカリという存在がときおり現れてくれることは、それの慈悲。あるいは思いやりといったものではなかったのか。

エマノンに対して？

あるいはヒカリに対して？

エマノンとヒカリは、おたがいに道連れと呼ぶにはあまりにも深い絆で結ばれていると考えていた。

一九四二年、エマノンはポルトガルのサンタレン県にいた。何もない農村で、旅への衝動に従い放浪を続けていた。エマノンには、このときはもう予感があった。この地で次の世代のエマノンに代わるのではないか、と。だが、いつも世代交替の前は予感だけはあるが、それが正確にいつかまでは見当もつかない。自分の内部から衝くように込みあげるものと、ふさわしい配偶者を探す必要がある。

「どうして、ここにいるの？」

エマノンが振り返ると嬉しそうな笑顔のヒカリがいた。

「何故、ここにいるのかはわからない。ただ、ここで次の代に身体は移るみたい」

「じゃあ、数年は、ここから動けないということよね」

「そうみたい」

「よかった……」とヒカリは心底、安堵したように見えた。

その意味をエマノンは数年後に知ることになる。

エマノンは、その時期、世界中の人々がある種の狂気に突入していたのだということを知る。

エマノンが、その地に足を踏み入れた頃、世界のほとんどの地域で戦争状態が過熱していた。

第二次世界大戦だ。

エマノンがよく旅をする日本も、欧州各国もその例に漏れない。戦火は世界の隅々まで拡大する。

ポルトガルは、戦火が及ばなかった例外的な国だった。何故、エマノンがこの地での世代移行を選んだのか、彼女自身に理由は思いあたらない。

たまたま、この地に足を踏み入れた。

たまたま、世代交替の衝動が湧き上がった。

すべてが〝たまたま〟だったのだろうか？　エマノン自身にもわからない未知の意思がそうさせたのかもしれない。

ここでも数日をヒカリはエマノンと過ごしエマノンの前で輝き旅立っていった。

この代でエマノンがヒカリと会ったのは、それが最後となった。

成長したら、次は日本を目指そう。

幼い肉体のエマノンが、そう考えた頃、日本についての様々な情報をポルトガルの田舎町でも知ることができるようになった。

そしてヒカリがこの地にエマノンがいることを知り「よかった……」と漏らしたことの真意が理解できたのだ。

エマノンが愛した国の一つである日本の都市の大部分が戦火に灼きつくされ、焦土と化していた。そしてヒロシマとナガサキという地方都市が米国の新型爆弾によって壊滅したという断片的な情報も加わっていた。その時代にポルトガルの田舎で知ることのできる情報は、せいぜいそのくらいのことだった。

その情報は遠く離れた土地でエマノンには、ついに実感を持つことができないままとなった。

それが、どれほどの凄絶なできごとであったのかは、成長したエマノンが日本の地に渡ってから知ることになる。

あのとき、ヒカリは日本が迎える状況をすべて知っていた。しかも、その状況を変えることはできないと諦念していたのだ。

ヒカリは歴史の流れはどうにもできないと悟っているのがわかる。それは、ヒカリのこれまでの経験から導きだされた真理なのだ。

時間軸の中で発生した歴史はヒカリの力をもってしても変えることはできない。それは決定した事象なのだ。だから、ヒカリはエマノンの所在をあれだけ気にしたのだ。エマノンが悲劇的な歴史に巻きこまれるのか、どうかを。

エマノンが日本へ帰ったのは、ヒカリが言っていた土地を確認するためだ。ヒカリが生まれる場所。そして、ヒカリが果つることになる場所。

久々の日本だった。敗戦で焦土と化したと聞かされていたが、驚くべき復興を遂げようとしていた。

やはりポルトガルでも日本の状況は聞いていた。日本本土で戦闘があったわけではない。だが一方的にたび重なる爆撃を受け無数の犠牲者が出たという。今や瓦礫はなく高度経済成長のとば口にさしかかろうとしていた。

目的地はヒカリの生まれた場所である九州の山中なのだ。

途中で米国が使用した新型爆弾の跡がある地方都市にも立ち寄ることになった。軍施設も民間人も、何の区別もなく酷熱で広域を灼き融かしたという。

戦後それなりの時間が経過したのだろうがその跡は残されていた。

人々は、それを〝原子爆弾〟と呼んでいた。人が同じ人に対してそのような兵器を操る資格を持っているとは、エマノンには信じることができなかった。

ヒカリは、すべてを知っていたのだ。ヒカリにとっての過去での呪われたできごとを。ヒカリには、それを防ぐ力はない。ただ、エマノンが、巻きこまれないことを願っていたのだろう。だから、ポルトガルでエマノンを見つけたときに、くわしいことも告げずに、「よかった……」だけの言葉になったのだ。

そして、エマノンはヒカリがかつて言っていた山里へたどり着いたのだ。

その時代、まだバスも通ってはいなかった。ひたすら、九州脊梁の懐へ分け入った。

数戸ずつしかない山里を過ぎ、斜面を這うように登ると、地名表示もないが、そのあたりが、ヒカリがかつて言った〝樫葉村大字小崩〟なのだ。後はヒカリが言っていた記憶を頼りに登っていった。落人岳登山口を探すのよ、とヒカリは言った。落人岳への登山道と平行に小径が続くの。そこをたどる。杣道なの。そこをひたすら伝っていく。必ず着けると思う。荒れているかもしれないけれど、そこが私の墓があり、私が生まれた場所なの。ぜひエマノンには知っておいてもらいたい。

エマノンがヒカリから教えられた没年は、まだ、五十年ほど後のことだった。だが、そろそろ確かめておくべきではないかと思っていた。

その場所は、どのような所なのか？　そのときから、エマノンはヒカリと何回出会えるのかは、わからない。

しかし、そのときが来たら、ヒカリはエマノンに何をやってもらいたいのか？

エマノンはヒカリに何をしてやれるのか。

それもエマノンが訪れてみなくてはわからないことが多過ぎる。日本の戦禍被災が現実に自分の目で見るまで実感を伴わなかったと同じように。

ヒカリの言葉通りに、その廃屋は、存在した。かつて、落武者が追手から逃れるためにここ迄の秘境を終の棲家に選んだのかと思える場所だった。

一定の高度迄登ると、山頂かと思える場所を見上げるが、実はそこはせり出した斜面に過ぎず、その上にまた斜面が続いていた。そこから次の斜面を巻くように進むと、岩蔭から水の音が聞こえてくる。同時に冷気が岩の間から伝わってきた。岩の向こうは予想外に大きな音だった。岩と岩の間から水が噴き出していた。かなりな勢いの伏流水だったのだろう。この場所で文字通りの岩清水になっていた。ここであれば人に必要な水の心配は、まったく要らない。そして水場の向こうに、庵を大きくした程の家があった。長年、人が住んだ気配はない。使われている木材はしっかりした自然木ばかりだ。だから古く埃だらけの家屋だが朽ちてはいなかった。山の名の落人岳も、この家の成り立ちとは無関係ではないと思えた。

ヒカリが話していたとおりの場所だとエマノンは思った。

数日をかけて、その古い家を人が住める迄には復元させた。どのような人々が、ここで暮らしていたのだろうと、想いを馳せる。戦さに敗れ、追手を逃れ、この九州の山奥迄逃げた人物。家族もなく、たった一人でこの住まいを建て、隠れ住んでいたのだろうか？　そして、風に揺れる樹の枝の音も追手ではないか、と一刻も緊張から解き放たれることはなかった。

しかし、ヒカリがここで生涯を終え、そして生命を授かった場所であるというのは事実なのだ。

なんとか、人が住めるようには室内を整えた。

それから、エマノンは、この地を離れた。その日まで、数十年の時間は残されているのだ。だから、その間はできるだけ日本に滞在する時間を増やし、時間の余裕があれば、ヒカリの家を訪れるようにした。

訪ねる度に、家の中では、暮らしをするには必要な品が、少しずつ揃っていく。数年毎の訪問でしかないのだが、それでも、掃除をすませると、エマノンが寝泊まりしての生活には何の支障もない状態にはなっていく。

ひなびた湯治宿でしばらくエマノンが過ごしたときにヒカリが現れた。数十年経つ。エマノンが、何年かをヒカリに伝えた。それは儀礼なのだ。ヒカリは、自分が到着した、その時間が自分の寿命が尽きる年迄に、そう遠くないことがわかった筈だ。

エマノンはヒカリが教えた九州の生家に、不定期に通っていることも、あえて話しはしなかった。伝える必要もないことだと思ったからだ。それよりも、このときは、エマノンにとってもヒカリにとっても穏やかな時間だった。湯治宿で二人は湯に浸って他愛もないことを言いあって笑っていた。

「もう、父さんは生まれている頃ね」とヒカリは言った。

「でも、まだ幼い。一九七三年生まれの筈だから」

ということはヒカリの肉体年齢よりもかなり歳下ということだ。エマノンは口を挟むことはしない。「考えることがあるの？」とだけ尋ねた。

「今は会わない。対等に話ができる年齢に父さんがなったら、会ってみたい」

「わかった」とエマノンは伝えた。するとヒカリは思い出したように、ポケットから何かを取り出して見せた。

「なんなの？」とエマノンが尋ねる。ヒカリは掌を広げた。奇妙な形の木の実を組み合わせたものだった。それにキラキラと光る石が嵌めこまれていた。

「憶えている？　前にエマノンからプレゼントしてもらったもの」

「大事にしてくれているのね。嬉しいわ。もちろん、憶えている。あのときは私、まだ今の姿じゃなかったわね。でも、ヒカリは私に火の扱い方を教えてくれた」

「すごい」とヒカリは声を上擦らせた。「やはりエマノンの記憶って凄いのね。私にとっては、ついこの間のことなんだけれど、エマノンにとっては百万年以上も昔のこと……ちゃんと憶えているのね。エマノンの頭の中って、どうなっているのかしら」

ヒカリの母親も木の実や珍しい石を使ってアクセサリーを作ったりするのだと聞いた。

「このエマノンが作ったものも母さんに見せたことがあるの。びっくりして、すごく感激していたわ。そんな発想はなかったたって言って。今、母さんが作るアクセサリーもエマノンの影響がはっきりわかるわ」

そんなものだろうか、とエマノンは思う。とすれば、ヒカリは時空を跳んでしまうだけではなく、ときどきは母親とも過ごす時間があるということなのか、と思う。

おたがいに申し合わせたことではないが、この頃は無意識のルールになっていたのかもしれない。相手が尋ねてきたら正直に答える。しかし、自分からは、あえて必要以上のことは尋ねない。話したいこと、話さねばならないことが出てきたら、きっと話すにちがいないから。

だから、このときもそれ以上、ヒカリの母親についても尋ねてはいない。

数日間の再会だった。そろそろ次の旅が近付いたかも。そう心の隅で感じたとき、ヒカリの姿は消えていた。エマノンがうとうとしたときのことだ。だからヒカリが消える閃光は、このときは見ていない。

そのような邂逅も、ときにはあるのだ。

エマノンは旅を続ける。そしてヒカリとの約束が近付いたことを知る。もちろん、エマノンは交わした約束は必ず果たす。

そして、エマノンはヒカリが生まれたという地を目指した。しばらく、その地で過ごせるだけの準備を整えて。

どれくらいの時期にヒカリが出現するのかは、わからなかった。ひょっとしてヒカリ自身にも、それは予測できていなかったのではないか？　だが没年と刻まれていた月日のことはヒカリ本人から聞いていた。それはヒカリ自身もとっくに承知している筈だ。

ヒカリの山の家に彼女が現れたのは夜だった。エマノンは、ひたすら待っているだけだった。ヒカリとの約束を果たすために指折り数えて。だから、待つ間は何するでもなく、ゆらゆらとしているだけだ。まるで数千万年前の海の中でたゆたっている存在だったときのように。

目を閉じていても、その激しい光はエマノンにはわかった。その閃光がヒカリが出現するときのものだということも。

女が倒れていた。エマノンが駈け寄る。その身体を抱きかかえた。

ヒカリに間違いなかった。思わずエマノンは息を止めた。

エマノンが知っているヒカリとは違っていた。そこにいたのは老衰したヒカリだった。

今、ヒカリの実年齢は何歳にあたるのだろうか？　髪は真っ白だった。頰は窪み、目の周りをいくつもの皺が囲んでいた。

しかし、ヒカリであることは間違いない。それは確信できた。

「しっかりして。ヒカリ。私よ」

そう、声をかけた。ヒカリが目を開く。エマノンだということがわかったのだろう。小さく頷いて微笑んだ。それから唇をかすかに動かすのがわかる。声としては届かないが、何を言おうとしているのかはわかる。

エマノンは、それに答えた。年を尋ねている。

「一九九〇年よ」

それでヒカリは、すべてを納得したようだった。

老女のヒカリは、これからどれだけの人生を体験するのか？　それは、エマノンにもわからない。

ふっ、とある考えが湧いた。ひょっとして今のヒカリの外観ほどには、年齢を重ねてはいないのではないか？　と。ひょっとして、時を跳ぶという能力は、肉体を酷使し、消耗させてしまう結果を招くのでは。

いや、確信があることではない。そんな連想をしてしまっただけのことだが。

エマノンはヒカリを抱き上げて、家の中へと運んだ。ヒカリがあまりにも軽いことに、エマノンは驚かされた。

家の中へ入ろうとしたとき、やっとヒカリの声が聞こえた。微かな声ではあったが。

「エマノン……」

「なあに。どうしたの?」エマノンはできるだけ感情がこもらないように注意をはらっていた。ヒカリが言った。

「エマノンの匂い。タバコの匂い」

「ごめんね」

「んー。大丈夫。エマノンの匂いだから、好きよ」

外の風景が見える場所に、エマノンはヒカリを寝かせてやった。

それから、ヒカリは五日間エマノンと過ごし、看取られてから逝った。

エマノンが号泣しなかったのは、これがヒカリとの最後ではないという想いがあったからだ。「私が死んだら縁の下を見てね」ヒカリは旅立つ前日は驚くほどに体力を回復させた。言葉もはっきりと聞きとれる程に。

「ありがとう。エマノン。きっと約束を守るとわかっていた。最期を看て貰って嬉しいわ」

そう礼を述べた。まだ、そんな容体じゃない。ずいぶん回復に向かっているし。エマノンがそう伝えたが、すでにヒカリには覚悟ができているようだった。

もう思い残すことはない。エマノンの手を握り、ヒカリは何度もエマノンに礼を言った。

「礼を言わなければならないのは私の方こそよ。どれだけヒカリがいたから励まされたかわからない」

「そう言ってくれることが、エマノンの私へのご褒美ね。ありがとう。ここで私は果てるけれど、エマノンは、これからも何度も私に会えるのよ。だから悲しまないで」

そこで、エマノンは、ヒカリを抱き締めていた。エマノンが涙を流したのは、このときだけだ。

「私は、まだエマノンも知らない未来のエマノンのおもいでを沢山持っているわ。そのことを聞きたい？」

「聞かないでおくわ。これからの私の楽しみにさせて」

「そうね。私にとっては素晴らしいおもいでばかりよ。エマノンにとっても、そうであることを祈ってる。いつもエマノンに勇気づけられたこと。エマノンに慰められたこと。癒されたこと。ずっと感謝してる。今まで一番遠い過去へ跳んだこと。まだエマノンがヒトではなかった頃。エマノンが教えたとおりに跳んだ。エマノンが教えたとおりに、エマノンはエマノンの姿ではまだなかったけれど、私には、すぐにわかったわ」

「私もしっかり憶えているわ。光の中にヒカリが現れたこと」

「私、エマノンと見えないもので繋がっていることが、ずっとわかっていた。私とエマノンはきっと姉妹以上のものだと思う。私が生まれて自分が何かわからないときに跳んでしまったとき、私を守ってくれたのがエマノン。そのときからずっと」

それは、まだエマノンは体験していない。これからの未来でおこることなのだろうか？　そのときは、ヒカリにはエマノンに対しての知識もなかった筈だ。やはり運命の中で出会う二人なのだろうか。そして最初の時跳びの経験からヒカリの意識の底にエマノンのことが〝刷り込み〟されたのだ。

「わかってるよ、ヒカリ。横にいるから、ゆっくり休んで」

「ありがとうエマノン」

それがヒカリの最後の言葉になった。それからヒカリは安堵したように眠りの中に入った。一度もその夜は意識を取り戻すことはなかった。エマノンはヒカリに添い寝して容体を常に確認した。

翌日の夜明けの時間に、ヒカリの息は間隔の長い喘ぐようなものに変わった。それからエマノンはヒカリの手を握り見守り続けた。

ある瞬間にヒカリは灯が消えるように生の徴を失っていた。

もちろん、エマノンはこれ迄も無数の生命を見送ってきた。だが、ヒカリのような存在は初めてだった。亡骸に一日付き添いヒカリの言葉を思いだし、縁側の下を覗いた。

それほど大きくはない直方体の黒っぽい石が横たえられていた。

「暉里」と、ヒカリの名が彫られていた。そして年号も。

墓石だとエマノンは思った。この日のために、前にヒカリは準備していたのだ。

エマノンに心の整理がつかないことは自分でもわかっていた。自分なりにヒカリの冥福を祈り埋葬して、その上にヒカリが準備していた墓石を建てた。

もう、ここでやるべきことは何もない。約束を果たした。そうエマノンは思ってヒカリの墓を後にした。

登山口に、ヒカリが待っていた。付き添ったヒカリよりも随分と若い。エマノンは、さすがに驚いた。次のヒカリとの再会まで数十年あるのかと考えていたから。

「エマノン。ありがとう」とヒカリは礼を言った。「色んな時代に跳ぶけれど、私が存在している時間帯には跳べないの。エマノンにお礼を言いたかった。でも、この時間でしか来ることはできなかった。本当にありがとう」

エマノンは、不思議な気持ちだった。そして思う。このヒカリには、自分はあと何回会えるのだろうか。無限に会うことはかなわないだろう。そして、いつかヒカリと会えない日が必ず来るのだろう。

そしてエマノンはナップザックを地面に置くと、目の前のヒカリを無言のまま両手で抱き締めた。それが、ヒカリがその時間にいることができる最長限界だったようだ。それでも、しっかりと踏みとどまろうと努力したにちがいなかった。ヒカリはエマノンの両手の中で、これまでの閃光とは比較にならないほどの激しい輝きを放って消失した。

もう一つ。

エマノンがヒカリと約束していることがある。

それから四年後。一九九四年のことだ。

未来について、ほとんど語らなかったヒカリが、エマノンに何度、語ったことだろう。それだけヒカリは不安を感じていたことになる。そして生涯の大事件だった、と。

ヒカリにとっては過去のできごととして語っていた。しかし、エマノンにとっては未来のできごとなのだが。ヒカリは繰り返した。どれだけ自分が迷ったことか。あのときエマノンに背中を押して貰ってよかった、と。

そのヒカリにとって未来の忘れられない日が、もうすぐやってくる。

場所もわかっている。横嶋(よこしま)市の文帝(ぶんてい)大学の近くだ。

そのとき、エマノンはあてもなく、歩いていた。気がついたら、そんな場所にいた……。

ヒカリとの出会いは、いつもそんな風だった。見えない何かが求めなくても導いてくれるのだ。

文帝大学の校門を過ぎ、国道から横道に入ったとき、閃光があった。昼下がりで晴れていたし人気もなかった。それは幸いだった。

出現したのが、ヒカリだとエマノンには、すぐにわかった。前につんのめるように出現したヒカリはエマノンに身体を支えられた。

「大丈夫? ヒカリ。今は一九九四年よ」

そう。このときなのだ。数十年前にこの地でヒカリと会ったときに、彼女が一九九四年に訪ねたという場所を教えてもらったし、今もはっきり憶えている。今のヒカリが、まだ知らないだけだ。ただ、これだけは知っている。

この時間帯にヒカリは一年と少し、とどまることができるのだ。それは時を跳び続けるヒカリにとって驚異的な長さであるのだ。

「お父さんと暮らすのね。これから」

エマノンは、そう尋ねた。ヒカリは幼い頃から、時を跳び続けている。そして、父親とも言葉さえも交わせていないと嘆いていた。

ただ、父親は、この時間ではまだ母親とも出会っていない。まだ二十歳の若者なのだ。

父と話したい。

父と暮らしたい。

それが幼い頃からのヒカリの望みだった筈だ。今、自分の意思でこの時間軸に踏み止まることができるという自信を持っている。数ヵ月？　数年？

そして、これ以上踏み止まれなくなったら次の時間軸へ跳ばされてしまうだろう。それだけの期間でも、ヒカリにとっては、まとまった時間なのだ。

その貴重な時間を、ヒカリは父との生活の時間にしようと考えているのだ。だが……。

ヒカリは、小さく頷く。そして不安に満ちた表情を浮かべた。

「どうしたの？　お父さんに会いたくないの？」

「会いたい。とても会いたいし、一緒に暮らしてみたい。でも怖いの。何だか正体のわからない怖さが」

「でも、ヒカリがずっと望んできたことじゃないの。やっと、それが今、実現できるということよ。もっと喜んでいい筈だわ」

ヒカリは、閉ざした口をやっと開く。

「でも、これまでお父さんに縁がなかったというのは、会ってはいけないという運命なんじゃないかとも思えるの。私にはエマノンがいる。お父さんに会う必要なんかないじゃない、そう誰かが考えているかのような気がするの。運命に逆らっている……ような」

こんなヒカリはエマノンは初めてだった。そこまで父と会うことに憶病になっているなんて。

「運命なんかじゃない。言わなかったけれど、未来のヒカリは、皆、お父さんとのこと喜んでいるのよ。勇気を出して」

それでも、ヒカリの中では、決断できずにいることがエマノンには意外だった。

「お父さんって、どんな人なのかしら。いろいろ想像していたけれど、ひょっとしたら、どんな想像ともちがうんじゃないかしら。私のこと、会いたがっていなかったら、どうしよう。私が苦手なタイプだったら、どうしよう。そんな考えが交互に渦巻いて出てくるのよ。駄目。勇気が出ないわ」

「好きにしたらいい。でも、ここでお父さんに会っていなかったら、ヒカリは永遠に後悔を残すことになるのよ。それでも、いいの？」

すると、再びヒカリは押し黙った。だが、二人の足は一つの方向へ歩いているのだった。それは、ヒカリの父親のアパートだ。そこで二人は立ち止まった。そしてエマノンはヒカリの背中を押した。

「さあ。行くのよ」

二、三歩進んだヒカリが振り返る。

「お父さんに、……お前は誰だ？　そう尋ねられたら、何と答えればいいの？　本当のことを話しても信じて貰えないわ。いや、本当のことを言ってもいいの？」

「何も言う必要はないわ。あなたたちは、親子なんだから。言葉は必要ないの。そして、これこそが運命なんだから」

　エマノンの、その言葉で、ヒカリはすべてふっ切れたようだった。

　その角を曲がると、父親の学生アパートの筈だった。

「わかった。お父さんの部屋の前で、帰りを待つわ。少し、勇気が出たわ」

　そしてヒカリはエマノンに手を振り、角を曲がろうとする。

「ありがとうヒカリ。勇気を貰っているのは私の方なのよ」

　見送るエマノンがそう呼びかけ大きく髪をはらった。ヒカリがあわてて振り返ると、すでに、そこにはエマノンの姿はなかった。

ともなりブリザード

黒宇島は日本最北端の位置にある。稚内の西北に浮かんだ島だ。だから、よく晴れた日には島の北に延びる大須岬から異国であるサハリンの地さえ眺めることができるとある。いや、それよりも岬の沖の岩礁で群れをなすゴマフアザラシたちに目を奪われてしまうのだそうだ。

黒宇島の人口は二千八百人。

そのほとんどが、島の南東にある黒宇町に住んでいるという。

それは、早稲美波がガイドブックで調べた情報だ。美波が黒宇島を訪れるのは初めてのことだ。美波にとって初めて訪れる北海道がこの最果ての黒宇島であるというのは大きな不安だった。

黒宇島に対しての予備知識は何もなかった。

だが、ガイドブックにしても、それ以上の知識はもたらしてくれなかった。黒宇島と、その南東に位置する分部島を合わせて北海道版のガイドブックで半ページしか紹介されていないのだ。

その半ページからは、島のイメージはぼんやりとしか浮かんでこない。あまりにも情報量が少な過ぎる。黒宇島は初夏から花が咲き乱れる島だということ。高山でしか見ることのできない花々や黒宇島の固有種の花々が次々と開花時期を迎えるということだった。そして分部山の光景が大きく写真で紹介されていた。分部富士とも呼ばれるその山は海上にぽっかりと浮かび島全体が山のように見える。均衡がとれた美しい山容だ。そして、昆布やウニが特産だと紹介されているだけだ。

もちろん、これから訪ねていくことになる婚約者の深水健人からのメールで、情報は得ているが、それだけでは想像だけがひとり歩きしてしまう。届く情報も脈絡がない。

——考えていた以上にこちらは寒い。来るときは寒さ対策は万全に。

——とにかくめちゃくちゃ多忙な日と暇な日とあって予測がつかない。

寒さ対策は具体的にどうすればいいのかわからない。これが女性からの情報なら、どんな服で行けばいいと教えてくれるのだろうが、健人はそこまで繊細ではない。いや、男性の感覚はそれが普通かもしれないと思う。しかし健人は、待っていてくれる。

健人さえいれば、どんな異国でもがんばっていけると美波は信じていた。

健人は、自分のところへ来てくれるのは、いつでもいいと言ってくれた。美波が今の勤務先の職務を後輩に引き継いだら来ればいい。ただし、何もないところだから驚かないように、と。

着いたら、役場を訪れて深水美波に戸籍を変更しようということになっていた。つまり婚姻届を提出するということなのだが。

だが今は、船の中だった。

北の最果てのフェリー乗り場は、もっと淋しいイメージを抱いていたのだが、それは感じなかった。船内もいくつかに仕切られた大広間という感じだ。数時間で、船は健人の待つ黒宇港に到着する筈だった。

黒宇島には医療施設は、一ヵ所だけ存在する。それが深水健人が勤務する黒宇診療所だ。常駐の医師は健人が一人だけ。健人が来るまでは、医師不在で診療所は休業状態だった。それまでの島民は病気に罹ればフェリーに乗って稚内の病院まで通うか、重篤な急患の場合は消防に連絡して救急ドクターヘリを呼んで貰うという自衛手段しかなかったが、天候条件が悪ければヘリは来てはくれなかった。だから、健人が来るまでの島民は健康に関しては、常に不安を抱えていたのだ。

医学生だった健人は、夏休みに黒宇島を訪れた。それから、この島の自然を、そして人々のことを大好きになったという。そして、この島の人たちのために自分が役に立てればと考えた。数年後、医師資格の試験に合格して研修期間を終えると、自身で黒宇町役場に問い合わせ、赴任したのだと聞いている。

美波はそんな浮世離れした理想主義の健人のことが昔から大好きだった。健人は美波の高校時代の先輩になる。

遠くから、憧れをもって美波は健人のことを見ていた。そして卒業する前の健人に勇気を振り絞って手紙を渡した。やっと健人は美波の存在に気がついた。

それから、健人と美波の緩やかな交際が始まった。健人は真面目で女性と話したこともあまりなかったらしい。しかし、美波とは、抵抗なく交際できると言った。二人は激情のままに愛しあうというのではなく、愛を育んでいくタイプのカップルだった。健人はよく勉強をしたが、暇ができれば美波に連絡を必ずくれた。まとまった休みがとれるときには美波のところに会いにきてくれた。しかし、健人はいつもプラトニックだった。手を握ることもなければキスを求めることもない。だが、道を歩くときも、一緒に食事をするときも、美波は自分に対する健人の想いを知ることができた。この人は私を大切にしてくれていると。

それから、何年が経過したろうか。美波は医学とは、まったく関係ない道を進んだ。それでも、健人と美波は交際を続けた。いつの日からだろう。健人が美波のことを将来の伴侶(はんりょ)と考えていることに気付いたのは。健人はさも当然のように、そう語っていたのだ。やはりプラトニックなまま。

純情なのか？　高潔なモラルの持ち主なのか？　変わりものなのか？

どうでもいい。美波にとっては健人が自分に向いてくれているだけでいい。

その頃から、彼は言っていた。旅をした黒宇島の素晴らしさと、そこの診療所で島の人々のために働きたいという理想を。

もっと早く黒宇島を訪れたかった。しかし、健人は「暖かくなってからがいい」と主張した。その言葉に従った。

さまざまな不安は確かにある。しかし、それは健人と一緒であれば乗り越えることのできるものの筈だった。今の美波の頭を占めるのは、不安よりも希望だった。稚内から二時間の船旅。そこで健人が待っている。

船室は大広間の中央に通路が走り、いくつかの区画に分かれている。一番奥の区画で靴を脱いで美波は窓の近くに腰を下(お)ろした。他の区画では労務者らしい男たちが、輪になって弁当を食べていたり、他の区画では老夫婦が数組、それぞれ隅(すみ)の席を確保していた。客は少ない。観光客が黒宇島へ押し寄せるには、数週早いのかもしれない。

美波のような若い女性が一人で乗りこんでいる姿は、他にはない。

いや、ある。

美波の斜め前の柱にナップザックが置かれた。ぱんぱんに膨れあがったナップザックだ。イニシャルなのだろうか。片隅にE・Nと書かれている。誰だろう？　美波が顔を上げると、髪の長い女と目が合った。化粧っ気はまったくないが彫りの深い顔立ちだった。美波は少女時代に読んだ「赤毛のアン」を思いだしていた。髪の色はまったくちがうが、アンにもそばかすがあった。無意識に美波が頭を下げると髪の長い女は目を細めて笑顔を返してくれた。

ジーンズは長いこと着古したものだろう。故意に傷をつけてダメージジーンズとして穿く者もいるが、彼女の場合は、旅を続けていた証のようにも見えた。ジーンズの上は粗編みの厚いセーター一つだが、この地ではまだまだ寒いのではないだろうか、と美波は心配してしまう。

彼女も近くの壁を背にして腰を下ろす。美波は同世代の彼女が近くにいてくれることでたとえこれから長旅でないとしても、安心できる気がする。ひょっとしたら、彼女こそ、黒宇島の住人ではないのだろうか？　だからこそ、あんなに化粧っ気がないのだろう。地元の人間だから、薄着していても平気なのでは？　そんな推理をめぐらせていた。男性の目からはどう彼女は映るのだろうか？　端正な顔立ちだから、なかなかの魅力を備えているのかもしれないと想像する。

髪の長い女はナップザックの中から何かを取り出し、口に咥（くわ）える。

タバコだ。美波は目を丸くした。船室は、「禁煙」のステッカーが貼られていたからだ。タバコを口に咥えたまま、ライターを取り出して火を点（つ）けようとしたまま、彼女の動きが止まった。それから口に咥えたタバコをナップザックに戻す。美波の視線に気がついたのか、照れたように美波に言った。

「このフェリー、船室は禁煙なのね。前は喫（す）えていたのに。いつから禁煙になったのかしら」

それで、美波は、この女性が黒宇島の人ではないことがわかった。

「前は、船室でもタバコを喫っていたんですか？」

「ええ」

「最近、禁煙になったのかしら？」

「さあ……二十年前には喫えていたわ」

美波は耳を疑う。この女性が生まれていたにしても幼かった筈。冗談で言っている？

女は悪戯（いたずら）っぽく肩をすくめて、美波の横に寄ってきた。女も、美波が島の人間ではないとわかったようだ。

「黒宇島に観光？　シーズンには少し早いかもね」と女が言う。

そのとき、美波は自分の右手が小刻みに揺れるのを感じていた。自分の意思とは無関係に右手が震えるというか。どうしたのかしら。軽い痙攣を起こしている。あわてて、美波は左手で自分の右手を押さえた。数秒で手の震えはおさまった。よかった。気のせいだったのだろう。あるいはストレス？

「どうかしたの？」と髪の長い女が小首を傾げて美波に心配そうに言った。美波は笑顔を作って答えた。

「いいえ。大丈夫です。でも少し緊張しているのかも。黒宇島は初めてだから」少し迷ってから付け加えた。「黒宇島でこれから暮らすんです。黒宇島には婚約者がいますから」

髪の長い女は、目を細め、身を乗り出して美波に「すてきだわ」と告げた。それから、「きっと素晴らしい人生になるわ。そう祈ってる」と。美波は、彼女のそんな言葉が、少し変に聞こえた。「幸せになれますように。そう祈ってる」ならわかる。でも「素晴らしい人生になるわ」だなんて。思わず、美波が笑ってしまうと、髪の長い女は目をきょとんと開く。「どうしたの？　何か変なこと言ったかしら？」

「いいえ。人生だなんて、まだ先がずっと長いから、何があるかわからないと思って」と答えると、女は「ああ、それで」と頷く。

　この女の人は悪い人ではないと美波は思った。右手の震えもいつの間にか止まっていた。思わず笑ってしまって気分を害していなければいいのだが。美波は如何に婚約者と知りあったか、二人でどんな家庭を島で築いていくつもりかを問われもしないのに彼女に話し始めていた。もちろん自分の名前も隠すことなく。伏せたのは健人が診療所勤めということだけだ。

「それは美波さんは素晴らしい決断をしたと思うわ」と彼女は褒めてくれた。

「ありがとう。――」と彼女の名前を聞いていないことに美波は気がつく。「私、あなたのことを何と呼べばいいのかしら？」

　女は、目を細めたまま、長い髪を一度、大きくはらってみせた。「あまり名前を名乗ることはないけれど、不便だったらそう……エマノンと呼んでくれればいいわ」

　本名じゃないのか？　と美波は思う。でも、どう呼べばいいかと尋ねたからだろうし、彼女のニックネームかもしれない。いつも親しい友人たちからエマノンと呼ばれているのだとすれば。

「わかったわエマノン」

　本名ではなかったかもしれないがエマノンは、尋ねられたことにはなんでも答えてくれた。黒宇島を訪れるのは、彼女にとってもずいぶん久しぶりなこと。観光ではなく、島に呼ばれたような気がするから行くのだ、と。どこから来たのか？　と美波が尋ねると「いつも旅しているから」とこのときだけは曖昧な答えになった。だが、エマノンは話題を逸らす天才でもあった。他の興味深い話題を持ちだしてその質問のことをうまく忘れさせてくれる。おかげで、黒宇島までの長い船旅は、あっという間に感じるほどだった。

黒宇島に近づくと船内にダ・カーポの「宗谷岬」が流れ、港に近づいた旨がアナウンスされた。外は寒いかもしれない。美波がバッグからジャケットを念のために取り出す。気がつくと、いつの間にか、さっきまでいたエマノンの姿は、消えていた。他の船客たちも、船室を離れ始めていた。港には、すでに接岸したようだ。

そのとき、ふっとなぜエマノンが本名を言ってくれなかったのか美波にはわかったような気がした。フェリーの中で会っても一期一会だ。名前なんてすぐに忘れてしまう。だから、彼女はエマノンと名乗ったのだ。

乗客の流れに身をまかせるように、美波は黒宇島に降りた。目の前には予想以上に洒落たターミナルビルが見えた。

ここに健人さんがいるのだ。そう考えると、美波の裡で熱いものが込みあげてくる気がする。

それから美波は、視線を泳がせた。

健人が迎えに来てくれている筈なのだが。

だが、見当らない。そんな筈はないのだが。

フェリーを降りた客たちは潮が引くようにいなくなっていた。そんな筈はない……。そんな筈はない……。

メールで、稚内からもフェリーの到着時間を知らせておいた。了解しましたの返事も貰っている。しかし、健人の姿はなかった。

ポケットから携帯電話を取り出すと、健人へかけてみる。発信音が繰り返され健人が出る気配はない。代わりにメッセージ録音の案内になった。

美波は急に不安になった。どうすればいい？　再び健人の姿を探す。やはり、いない。

そのとき、船内で姿を見失ったエマノンの姿に気がついた。彼女には出迎えがいたようだ。作業服姿の老人から話しかけられている。すると、エマノンは、困ったような仕草(しぐさ)で両手を振る。それから、こちらを手で示した。

老人は、首をひねりながら今度は美波の方へとやってきた。立ち止まると、美波に声をかけた。歯はない。背も低い。

「わ・せ・みなみさんですかあ？」

自分の名を呼ばれ、美波は虚を突かれたような思いだった。

「はい、そうですが」

「ああ、よかった。今度は間違えなかった。センセーが言った女性はてっきりそうだと思ったら違ってた。特徴はそっくりだったよ」

どうしても今、健人は手が離せないのだということだった。老人に案内されて軽トラックに乗り込む。診療所はすぐ近くらしい。聞きなれないイントネーションで老人は話す。老人の妻が、腹痛を訴えて、あわてて老人は妻を診療所に運びこんだらしい。今、季節の変わり目かしれないけれど、他にも急患が二人いたのだということで、港に美波を迎えに行ってくれと健人が頼んだらしい。

老人が言ったとおり、診療所迄は十分もかからなかった。海岸道路沿いの木造平屋の前で老人の軽トラックは止まった。両隣の家屋も、木造の古い平屋だった。このあたりは風が強いのだろうか？

「冬は、ここで過ごしたことないですよねえ。ここ地吹雪すごいから」トラックから美波の荷物を降ろしてやりながら、老人はそう言った。入ると、そこは待合室らしい。まず、ストーブが目に飛びこんできた。それもでかい。

「先生、連れてきたよ。かーちゃんの具合はどうかな」と部屋の奥に向かって叫ぶ。

「あー。香深(かふか)の爺(じい)ちゃんありがとう。奥さんは、落ち着いたようです。お薬あげましたから、もう連れて帰っていいです。ストレス性の胃炎だから、爺ちゃん、やさしくしてあげて下さい」そう声が近づいてきて、声の主(ぬし)が、奥の部屋から現れた。深水健人だった。痩(や)せてひょろりと手足が長い。眼鏡をかけて無精髭(ぶしょうひげ)がまばらに伸びていた。シミだらけの白衣の主は、そこで立ち止まって大きく頷いた。それから、懐かしい声でこう言った。

「美波さん、ようこそ。港に迎えに行けなくてごめんなさい」

その横を香深の爺ちゃんが老婆を外に連れていく。「もう心配かけおって」と爺ちゃんは言う。すみませんすみませんと老婆が答えて頭を下げる。「ストレス与えちゃダメですよ」と健人がもう一度声をかけた。

「ちょっと待って下さいね」と健人は待合室の老人たちに頭を下げながら、美波のバッグを両手に持って診療所の奥へと歩き始めた。診療所は、まさに健人一人しかいないようだ。

歩きながら振り返って健人は美波に言う。

「ほんとうにごめん。暇なときは、一日中患者さんなくてね。なのに、今日みたいな大事な日は午後から、患者さんが次から次に後を絶たなかったんだ。迎えにも行けないから、香深さんとこのお爺ちゃんにお願いしたんだ。その方がお婆(ばあ)さんもほっとできるし」と。

奥が健人の生活空間になっているようだ。六畳間に、布団が敷きっぱなしになっている。

布団の横には卓袱台がある。卓袱台の上には空になったカップラーメンの容器が置かれていた。布団のまわりは読みかけの本や、スナック菓子の袋。ビールの空き缶。脱ぎ捨てたシャツ。

まさに独身男の部屋だ。

「ちょっと、ここでゆっくりしておいて。今朝も一番で患者さんが飛び込んで来たんで、まだ部屋も掃除していないけれど」

荷物を置くと、健人は再び診察室の方へと走っていった。美波は、部屋に一人取り残される。荷物を置いて、美波は部屋の掃除を始める。じっとしていても仕方がない。ただ、自分が考えていた北の離島での再会の様子が予想と大きくはずれていたことにはがっかりしていた。港で待っている健人と、これからの夢を語り合い、ゴマフアザラシが泳ぎ、ウミネコが舞う海辺をそぞろ歩きする……。そんなイメージとはまったく異なっていた。

掃除を終えると、部屋は見違えるようになった。だが、健人が戻ってくる気配はない。再び、診察室の方を覗いてみることにした。待合室は、人が増えている。母子連れは、子供がぐったりしている。腕組みしたつらそうな作業着の男。その前を通り、診察室へ入ろうとする。この島は調剤薬局が近くにないのだろう。健人自身が薬を袋に詰めているところだった。それを老婆に渡して説明する。「強い薬だから、楽になったらやめていいですよ。お大事に！」送り出しながら次の患者のカルテを引っ張り出していた。患者の名を呼ぶ。「喉が痛いの？　腫れているよ。注射しとこうね」と子供に伝える。注射も健人が用意し、打つ。看護師もいない。受付から薬の調合、医療費の計算まで、すべて健人一人でこなしているのだ。

たまりかねて、美波は健人に尋ねた。

「健人さん。何か、お手伝いできることとありませんか？」

子供に注射し終えた健人は、驚いたような表情で、美波を見た。

「あ、とりあえず手伝って頂くことはなにもありません。大丈夫です。休んでおいて下さい」と答えて、すぐに母親に伝えていた。「わかりました。代金は次回一緒でいいですよ」

美波には、健人が同時に三つも四つもの仕事をこなしているように見えた。美波自身は医療についてはまったくの素人だ。だから資格のない美波には看護師の真似ごとだってさせてはいけない、と健人は思っていたのかもしれない。しかし、具体的に何をやってくれと健人に頼まれても、うまくやれる自信はないのだが。待合室にいる患者たちに、どのような言葉をかけていいのかも、美波は正直わからずにいた。健人が言うとおり、今の自分にこの診療所で手伝えることは何も思いつかない。

健人は次の患者の名前を呼ぶ。美波は、邪魔にならないように診察室を出た。一度、奥の部屋へと戻り、腰を下ろした。虚脱感だけをそのとき感じていた。窓の外には海が見えた。海の向こうには島が見える。分部島だ。分部島は島全体が巨大な山のように見える。山頂部は雲に覆われていたが、山は富士山を思わせる均整のとれた形をしていた。分部富士と呼ばれていることを美波は聞いている。

これから毎日、どのような生活をするのだろうか？　健人は家事をやってもらえればいい。のんびりしていればいい。そうメールで書いていた。それで自分は過ごしていけるのだろうか？　健人のために他に何もしてやれないのか？　もし、時間が浮いたのなら、この島で自分で仕事を探すというのはどうか？　しかし、自分がやるべき仕事はあるのか？

窓から見える海の風景を眺めながら、とりとめもなく心を迷わせていたときだった。診療所の先の堤防の上を誰かが歩いてくるのが見えた。女性だ。堤防を降りて、診療所の方へと歩いてくる。そのとき、美波は確信していた。彼女はエマノンだ。長い髪が風になびいていた。

何故、診療所に来ようとしているのか？　美波を訪ねようとしているのか。反射的に美波は、靴を履くと勝手口から海岸の方へ出た。

「エマノン」と美波は呼びかける。

エマノンは、その足を止めた。美波はエマノンに駈け寄る。潮の香りを美波は感じていた。

「さっきは、どうも。どうしたの？」

そう美波はエマノンに声を掛けた。同時だった。フェリーの中で感じた右手。どうしたのだろう。美波は自分の右手が小刻みに震えているのに気がついていた。また、すぐにおさまってくれるのだろうか？

「美波さん！」と立ち止まったエマノンが意外そうに漏らした。しばらくエマノンは何も言わない。美波は気がついた。エマノンも自分の右手を押さえている。震えを止めようとしているのだ。

「美波さんの婚約者って、ここにいるの？」

エマノンは、そう問いかけた。

「ええ。ここの診療所です。医者だけど、一人で何もかもやっている。私は何にも役に立ってあげられなくって。エマノンは、ここに用があるの？　身体の調子が悪いの？」と彼女の右手を見た。美波は自分の右手の震えが急におさまったのがわかった。エマノンも今は手を押さえてはいない。

エマノンは、我に返った様子で、頭を横に振った。

「あれから、島を見てまわっているの。海岸沿いを歩いていたら、ここに出たのよ。びっくりしたわ。美波さんがいたから」

　エマノンがそう言うなら、そのとおりだろう。しかし、エマノンは目的がこの診療所だというように歩いてきたではないか。それは偶然だったということか。

　エマノンは立ちくらみしたように頭を振る。それから笑顔を浮かべて言った。

「じゃあ、行くわ。もう少し、島をまわってみる」

「寄って、休んでいかない？」

　美波は、そうすすめたが、エマノンは、お礼の言葉だけを残した。「歩けるときに、できるだけ歩くわ。彼によろしく。仲良く暮らしてね」

　エマノンは、振り返ることなく、来た方角へと戻り海岸沿いに去っていく。見送って、美波は自分の右手を見た。少し痺れは残っていたが、もう何ともなかった。あのときはどうしたのだろう。エマノンも同じ右手に痙攣を起こしていた。偶然？　北海道の離島という風土が関係している？

　部屋に戻った美波にできることは、ぼんやりと待つことだけだった。夕食を用意しようか、とも思ったが、健人のいつものここでの日課がどのようなものかもわからないし、食材をどこでどう揃えればいいのかもわからない。そして、どのタイミングで食事がとれるのだろう。

ぼんやりと過ごしている間に美波は我に返った。名前を呼ばれていた。身体を揺すられていた。

目を開くと、白衣を脱いだセーター姿の健人がいた。

「待たせたね。こちらも一段落したよ。最初の日だから、近くに美味しいものを食べに行こう」

二人は、戸締まりをすると外に出る。もう外はすでに暗い。六月というのに身震いする寒さだった。健人からダウンを着ていくように言われたのは正しかった。隣家に食事に行ってくると告げて二人は夜道を港の方へ歩いた。

「急患が訪ねてきたら、連絡してくれるんだ。患者さんが不安になったらいけないからね」

特に、その夜は冷えこみが厳しいようだった。おまけに風まで吹きすさんでいる。六月でも雪が舞うのだろうか？　と美波は驚いたほどだった。

「毎日、あんなに忙しいのですか？」そう美波が尋ねると、健人は肩をすくめた。

「今日は、特別だったんだよ。本当なら、港まで迎えに行って、美波さんとゆっくりすごすつもりでいた。島内も案内できるかなと考えていたんだ。そうしたら予測外のあの状態だ。おまけに夕方から季節が逆戻りしたみたいだなあ。ごめんよ」

「いえ、健人さんのせいじゃないんですから謝らないで下さい」

港のフェリーターミナルビルまでは歩いても十分もかからなかった。診療所から海沿いの道路を伝うだけなのだ。コンビニもない。近くに土産物を扱う商店が何軒かあった印象だったが、すでにシャッターが閉まっていた。

数軒のホテルを過ぎると、「ここで食べよう」と建物の二階のレストランに上がった。

「漁協が経営しているお店だよ。冬場はやっていない。観光客が訪れる間だけの営業だけど」

店内に入ると、「先生、こんばんは」と方々から声がかかる。それが、従業員だけではない。食事に来ているグループのそれぞれから挨拶されているのだ。そのことだけでも、この島における健人の立場がわかる。

「この方が奥さんになられるんですか？」と小あがりで飲んでいたグループの中年男が目を丸くした。「いやあ、きれいな方だ」

「あ、近いうち婚姻届出しに行きます。よろしくです」

グループ全員が拍手する。皆の胸に黒宇町役場と刺繍があった。健人が照れながら頭を下げ、奥の隅のテーブルへと進んだ。健人は島の人々にすでに美波のことを話していたのかと知り、嬉しくなった。これが人口二千八百人の島の社会の様子なのだろう、と思う。

この島社会に自分は溶けこめるのだろうか？　遠くから、彼らの話題が切れ切れに聞こえてきた。

「あれぇ、深水先生の奥さんによく似た人をもう一人見かけたぞ。ほら、あっちに向かってた。クロウアツモリソウの群生の方に。別人だよねえ」

「ああ、俺も見たぞ。長い髪ですらっとしてて、何かモデルさんみたいで。てっきり、奥さん、その人かと思ったよ。でもあちら方向は人家ないぞ」

　その話を耳にしてエマノンのことが脳裏に浮かんだ。エマノンは私に似ていたのだろうか？　と美波は思う。それよりも彼女は何処を目指していたのだろう？　こんなに冷えこんできているのに。

「クロウアツモリソウってなんですか？」

「ああ、よくは知らないけれど、島のパンフレットとかに載っているよ。この島の固有種の植物だよ。絶滅しかけているって」

　健人もあまり詳しくは知らないらしい。

　やがて料理が運ばれてきた。メニューは健人がおまかせにしたらしい。刺身の盛り合わせと生ビールが来た。説明を受けたが、美波は初めて耳にするものばかりだ。

「こちらはソイの刺身。こちらが六角ですね。甘エビ、そしてウニです」

　それからカスベの唐揚げというものが目の前に置かれた。そしてホッケのちゃんちゃん焼き。それだけでお腹いっぱいになりそうな気がした。カスベはエイのことだと、そのとき美波は初めて知った。二人はビールで乾杯し、再会を喜びあった。ときどき店の客が、おめでとうと健人に酒をつぎに来るときに、話題が中断するぐらいで、後は二人だけの世界だった。おだやかな健人の話しかたを聞いて、昼間の不安は剝がれ落ちて幸福感に包まれた。昆布でつくったという焼酎を島の人から差しいれてもらった。その酔いのせいもあったかもしれない。今、自分が感じているあまりの幸せが、現実離れしたものに思えてくる。そもそも、深水健人のような頭がよくて品があって素敵な人が、何故、自分のような女性の告白に応えてくれたのだろうか？　そんな疑問がふつふつと湧いてくる。いつもなら、こんな疑問は絶対に訊くことができない。だが心地よく酔っている今なら尋ねることができる。


「ねぇ。変なこと尋ねていいですか？　怒らないで正直に答えてくれますか？」

　健人は少し驚いたような表情を浮かべたが「いいよ」と答える。美波は思う。この人は嘘のつけない人だ。なんでも正直に答えてくれる、と。

「私が、好きですって、九年前……高校のときに告白したら、私と交際スタートしてくれましたよね。すごく嬉しかったんだけれど、どうしても信じられなかったんです。他にきれいで健人さんのことに夢中になっている女性はたくさんいたのに。何故、私を選んでくれたのかなあって。本当に、私でよかったんですか？　もっと頭がいい人でなくてよかったんですか？　もっと可愛くって……」

「もちろん美波さんでよかったさ」と遮るように答えてから両腕を組むとしばらく健人は沈黙した。そのとき美波は思った。酒を飲んで尋ねているのだから冗談めかして答えていいのよ、と。しかし、健人さんには、それができない。

やっと口を開いた。

「失礼になるかもしれないけれど、正直に言うよ。美波さんに告白されたとき、初めて気がついた。美波さんが、ぼくの初恋の人にそっくりだったことに。それまでは高校でも、まわりの女の子に注意を向けたことがなかったから美波さんのことも気がつかずにいたんだよ。だから、よく知らない頃の美波さんにとりあえず、うんと答えたのは、それが理由かな。でも付き合ううちに、もっともっと好きになった。それで納得して貰えるかい」

美波が、納得できる筈がなかった。自分が健人にとって誰かの代わりだったなんて。それも初恋の人に似ているなんて。健人は、どういう神経の持ち主なのか。そんなことを平気で言えるなんて。心地よかった酔いが、一瞬で醒めてしまったような気がした。

「美波さん、どうしたの？　気分悪くしたの？」

健人は、あわてた様子で問いかけてきた。

「いえ。もう一つ、尋ねていいですか？　その初恋の人って、どちらの方なのですか？

高校時代のことですか？」

健人も気がついたようだ。美波の機嫌が悪くなったことを。だが、健人にはうまく誤魔化せる器用さはない。

「ぼくは小学校時代まで、九州にいたって話したよね」

美波は、それは知っていた。父親が国家公務員で全国を転々としていたそうだ。中学から、一人で暮らして落ち着いたという。

「まだ、幼稚園の頃だ。その人に出会ったのは。父の転勤であまり友だちを作るのが上手くなかったから、一人で家の近くの神社で遊んでいたんだ。今、考えれば誰だったのだろう。何故、そんなところにいたんだろうって考えるとぼくが幼かったから理由はわからないんだ」

それから、健人は遠いところを眺めるような目をした。彼が幼稚園の頃であれば、二十二、三年も昔の話なのだが。

その神社は、静かだったらしい。周囲の畑の中に、盛り上がった場所があって、鳥居の向こうを百段以上も昇らないと社にたどり着けなかったそうだ。そこには、子供たちもあまり近づかなかった。そこで遊べば天狗にさらわれるという言い伝えがあったらしい。健人は逆に他に人がいない方が煩わしくなくて一人で通ったという。夏は蝉を採りカブト虫やクワガタを採った。境内では土蜘蛛を探しアリジゴクの巣を見つけた。秋には石段の横でアケビや山栗を採った。もちろん大銀杏の実も。

　ある日の夕方のこと、そこに見知らぬ女の人が座っていたのだという。夕日に照らされて社の賽銭箱の横に腰を下ろしていた。長い髪をして黙って座っていた。そのあまりの美しさに声をかけるのも忘れて健人は立ちつくして眺めていたのだと。

「大人の女性だった。いくつくらいかもわからない。ただ、見とれてしまったんだ」

　健人は思い出していた。その光景まで心の中で復元したらしい。

「その前日まで、女の人はいなかった。だから、旅の途中だったんだと思う。年齢はわからなかった。でも大人の女の人だったのだと思う」

「どうして？」

「タバコを取り出して喫い始めたから」

　そのとき、美波は何かが繋がりそうな気がした。何と？　いや、まさか。

　美波は健人に相槌を打つことさえ忘れていた。彼は、話し始めたことでより深く思い出が蘇っているらしい。美波には、まるでひとり言のようにも聞こえる。

ぼーっと健人は女の人を凝視した。女の人は、そのとき顔を健人に向けた。

きれいな人だった。さらさらとした長い髪の人だった。口にタバコを咥えていた。

「こんにちは」と健人に告げて笑った。健人は、その女の人のあまりのきれいさに、挨拶を返すのも忘れていた。女の人は化粧もなにもしていない。それでも、健人が知っているどんな女性よりも、素敵に見えた。そして、大好きになってしまったのだ。吸い寄せられるように女の人に近づいて頼んだのだ。

「お姉さん。ぼくの友だちになって」

そんなことが照れずに言える年齢だった。

「いいわよ。でも、また旅に出るけれど」

「旅に出るまで友だちでいて。いつまで、ここにいるの？」

「んー。数日かな。この神社の軒を借りるわ」

そのとき、女の人が何故そこに立ち寄ったかは、誰かと約束しているからと言っていた。くわしくは、よくわからない。その約束の日までは少しあるようだった。

その数日は、健人にとって夢のように楽しい日々だった。女の人の約束とは「時を跳ぶ人と会うこと」だと言っていた気がするがよく意味はわからなかったし、健人にとってはどうでもいいことだった。彼女は、健人と一日遊んでくれた。とても器用な人でナイフで竹とんぼを作ってくれたり、草笛できれいな曲を吹いてくれた。神社の隅で「内緒だよ」と火をおこし、晒したどんぐりの実でパンのようなものを焼いてご馳走してくれた。

そんな日が何日続いただろう。

「明日は、また旅に出ます。健人くんとはお別れだね」

そう彼女は告げた。〝暉里さん〟と今夜会うからだと彼女は言った。健人にとってそんなことはどうでもよかった。どうしたら、もっと女の人と一緒にいることができるのだろう。大好きなのに。

「結婚して下さい」と健人は言った。女の人が咥えたタバコに火を点けようとしていたときだった。女の人は驚いて動きを止めた。

「本気なの？」

「大人になったら、結婚して下さい。それまで待って下さい」

「ありがとう。でも、健人くんと結婚はできないわ。ずっと、旅を続けなければならないから」

「好きなときに旅していいから。だから結婚して下さい」と健人が頼んだ。

「結婚はできないけれど、健人くんの子供を産むことはできる。それでいい？」

その言葉の意味が、そのときの健人に理解できる筈もない。

「それって、また会えるということなの？」

そう健人が尋ねると、彼女は頷いた。

「じゃあ、それでいいよ」

健人が彼女と過ごしたのは、何日間だったのだろう。彼女は最後に名前を言った。本当の名前だったのかどうかはわからない。健人のまわりにはそんな名前の人はいなかったから。まるで外国の人の名前のようだと思ったことを憶えている。名前を聞いたのは一度だけだ。だから健人はもうその名前は忘れてしまった。

その日、別れ際に彼女は健人を抱きしめてくれた。「健人くんの匂いを覚えたわ。健人くんが大きくなってもどこにいても、私、健人くんを探し出せるわ」

健人は嬉しかった。ただただ、嬉しかった。ある日、彼女が旅に出てもまた会えると約束してくれたということなのだから。

その翌日、石段を昇り神社に着いたとき、神社から彼女の姿は消えていた。どんぐりパンを焼いてくれた手づくり窯の跡も、彼女が軒下に置いていたナップザックも、総てなくなっていた。

「それが、その女の人に会った最後だよ」と健人は言った。「そして、高校のとき美波さんと話して、あのときの女の人だと思えてならなかった。でも、きっかけとしては、よかったかな、と思う。よく考えれば、あの旅する女の人は、ぼくより十五、六歳上の人なんだよね。ぼくより歳下の筈がないって。でも、その女の人のことは、今のぼくにはぼんやりしたおもいでだよ。ぼくが美波さんと交際するきっかけにはなったのだから、感謝しなくてはね」

そう言いきった健人に美波はほっとした。初恋の女性といっても幼児の古いおもいではないか。むきになってしまった自分のことが、美波は少し恥ずかしかった。

「明日から、少しずつ新しい生活を歩み始めよう。とにかく今日は、ゆっくり休んで下さい」

そう言いつつ、またしても昆布の焼酎を美波のコップに注いだ。それほど健人は嬉しかったということか。

美波は健人の話を聞き終えて心にイメージが浮かんでいた。フェリーの中で会った。そして診療所裏の海沿いを歩いていた。彼女の名は「エマノン」。

そう思わず口にすると、健人の昆布焼酎を注ぐ手がぴたりと止まった。

「そう。思い出した。その女の人はエマノンと言ったんだ。美波さん、何故エマノンのことを。ひょっとして美波さんがエマノン？　そんな筈はない。エマノンという女の人は、もう四十歳を過ぎている筈なのに」

　健人は自分で吐き出した疑問に答えられずにいた。

「さっきあちらで飲んでおられた方たちが、私に似た人を見かけたと言ってました。私がフェリーで一緒だった女の人。その人がエマノンって名乗ったんです。その方のことだと思います」

「いくつくらいの方？」

「私よりも歳下だと思うんです」と答える。

　窓ガラスが軋む音をたてた。驚いて美波が外を見ると大粒の雪が窓ガラスに当たるのが見えた。暴風雪だ！　美波は見たこともない。

　そのとき、健人の胸元で携帯電話が鳴り出した。首をゆらゆらと揺らしていた健人が、電話に出る。次の瞬間、健人の背筋が伸びきっていた。

「はいっ。はいっ。すぐに診療所に戻ります」

　そのときは、健人は腰を浮かしかけていた。

　そのまま健人は立ち上がり、美波に頷いてみせた。彼が、それ以上言わなくても美波にはわかる。急患なのだ。さっき迄の夢見るような視線は消えていた。

立ち上がったとき美波は右手の変調を感じていた。小刻みに震えが始まった。その震えを健人に隠し、左手でバッグを握る。

「すみません。勘定は明日でお願いします。急ぎますから」

奥で、あーわかっているから、と返事が飛ぶ。そのときは、健人は美波の手を握り、外へ飛び出すところだった。

「ごめんよ。ゆっくりできなくて」と言った。短時間だったのに雪が数センチも積もっていた。食事に出たときより、寒い。寒いというより頬を刺すように美波は感じた。足を滑らせかけたのを健人は支えてくれた。激しく舞い、吹き荒れる雪で視界が遮られる。突然の暴風雪に驚くしかない。健人が美波の腕を握り歩く。何か言ったが風で聞こえない。

診療所は明かりが点いていた。隣家に鍵も預けてあったのだろう。美波は右手の震えが止まらずにいる。震えというより痙攣だ。

「凄い天気だ。六月というのに。何かがおかしいんだ」やっと健人の声が聞こえた。

健人は、美波の震えを寒さからと思ったようだ。

白い軽トラックが駐車している。フェリー乗り場から連れてきてくれた香深の爺ちゃんの軽トラックに似ている。

やはりそうだった。待合室に入ると香深の爺ちゃんが途方に暮れて立ちつくしていた。

「あの人だよ。先生の奥さんと間違えた女の人だ。クロウアツモリソウの斜面に倒れてた。冷たくなっていたから、あわてて運んできたんだ」と言って、診察室を指す。三人は診察室へ入る。香深の爺ちゃんの家はクロウアツモリソウ保護地近くのスカタン岬で土産品店をやっているらしい。婆さんの病気が一段落して、夕食の仕度に買い出しへ出た帰りに、人気のない筈の斜面で白いものを見たという。それが倒れた彼女だった。

エマノン……。美波は、すぐに彼女だとわかった。どうしたのだろう。同時に右手の震えがより小刻みになる。立っているのがやっとだ。健人を手伝いたいのに。

健人は、エマノンの瞳孔を覗く。服を脱がせる。香深の爺ちゃん。部屋を暖めて。何で、そんなとこに倒れていたんだ。もう冷たくなりかけている。それに心臓が……」

美波にもエマノンが危険な状態であることが一目でわかった。低体温症とは凍死に至る状態であるということではないのか?

美波は、自分の右手の痙攣を押さえながら、驚いていた。エマノンの唇も肌もすでに蒼白だ。生きている徴が見えなかった。なのに、エマノンの右手の指先も微かに震えていた。まるで、美波の右手と繋がっているように。

いや、共鳴しているように。

　エマノンは、もう助からないのではないか。美波はそんな予感を抱いていた。だが、健人は諦めなかった。服を脱がして身体の水分を拭きとる。

「マッサージ、してやろうかの」と香深の爺ちゃんが手を出しかけるのを健人は止めた。

「駄目です。余分な血流を心臓に送りこんで負担をかけることになる。香深の爺ちゃんは、待合室で休んでいて下さい」

　渋々、香深の爺ちゃんが待合室へ去っていく。エマノンが、健人が幼い頃に憧れた女性と同じなのかは、美波にはわからなかった。それよりも今、目の前で危険な状態にある女性を救うために何をなすべきか。そのためだけに意識を集中させているように思える。

「駄目だ。呼吸をするんだ！」

　健人はエマノンに、そう呼びかける。そして胸骨圧迫を始めた。あまりの激しさに、エマノンの肋骨が折れてしまうのではないか、と思えるほどだ。心臓が、そのとき停止状態に陥ったらしい。

　その光景を見ていると、美波は見ているもの総てが、真っ白く変化する。何故、変化したのかという意識もない。

　ただ、海の中で漂っている感覚がある。それが閃光のように変化していく。いつか、海の中を泳ぎ出し、何度も何度も誕生を繰り返す。自分の手も足もわからない。無限とも思える場面が高速度で進んでいく。見たこともないグロテスクな生物に食べられそうになり、岩場へと逃げる。そして陸へと上がる。その瞬間ごとに、自分が変貌を続けていることがわかる。悪夢の中にも、こんな光景は出てこない。自分は今、どこにいるというのだ。

「これは、進化よ。美波さん」

そんな声を美波は聞いた。確かにエマノンの声だ。エマノンは、今、美波の横にいる。声も、人の声ではなく直接美波の心に届き響いたものだ。声の方向を見る。エマノンの姿はなかった。代わりに青いぼんやりとした存在を感じる。

「今、美波さんが見ているのは、私が生きてきた総ての記憶なの。地球に生命が誕生して以来、生命の代々の鎖を総て心に刻んできている。それが私の宿命。何故、このような役割を与えられているのかはわからないけれど」

「あなた。エマノンなのね。エマノンは不老不死ということなの？」

「違うわ。記憶だけが引き継がれていく存在。記憶そのものと言った方が正しいかしら。生命誕生からの歴史を次代に引き継ぐのよ。だから、おもいでだけがどんどん増えていく。祖母から母。母から私。私から娘に。子供に伝えたら、記憶は総て失ってしまうけれど」

地上で生活する小動物だった。ずいぶん現在に近づいたことはわかる。それでも二億年以上の過去だ。哺乳類とも爬虫類ともつかない、進化の分岐にいる。その時代、進化の末に地上の主流が恐竜になるのか鳥類になるのか、まったくわからない。しかし、生物的に少数だった哺乳類で生きる道を選ぶ。そして中生代末期に恐竜が絶滅すると哺乳類たちは爆発的進化をとげるのだ。ネズミやリスに似た小動物だった仲間は、いつの間にか猿人（えんじん）へと変化していくのだ。美波の視点では、そのとき自分がどのような姿なのか知ることはできない。

これほどの記憶を背負って生きていくことのつらさを美波は実感していた。言葉でも言い表せない。これは業苦（ごうく）だ。

なぜ、そんな重荷（おもに）を体験せねばならないというのか？

まだ、人間にも進化していないというのに。

そして、エマノンが人へと進化する。常に進化の先端にいるべき宿命も背負わされているようだ。人間に進化して洞穴（ほらあな）で過ごす時代から集落毎（ごと）に訪ねてまわる時代へ。さまざまな地域。さまざまな人種。さまざまな風俗。さまざまな言語。他の生物のときには感じなかった哀しみや、笑いや嘆きまでも体験しなくてはならない。

それよりも、凄絶（せいぜつ）なことがエマノンにはあった。人を好きになり、その人の子を産み、その子が記憶を引き継ぐ。好きになった人のところを離れ、次の代を産むための人を探す。好きになった人と永遠に過ごすことはできない。好きになった人は誰もが去ってしまう。

残るのは、エマノンのおもいでだけ。

総ての地球の生命は、実は潜在的にエマノンの存在を知っている。そして、その種が滅びるとき、エマノンに癒しを求める。エマノンは、種の最後の存在が望めば、それに応えてやる宿命も背負っているのだ。

抗うことはできない。エマノンの本能のようなものだから。

さまざまな人々がエマノンの前に現れ、恋い焦がれ去っていく。時代は移る。限りなく現代に近づいていく。

「どうして私にエマノンの記憶が見えるの？」

同時にエマノンの記憶とは別に思念が押し寄せた。

「私……解放されるの。私……死ぬの」

黒宇島を訪れた理由はエマノンには、二つあった。

一つは、滅びるクロウアツモリソウの最期を看取るため。最後の数株が、この異常気象で枯れ果てる運命にあった。この数年は盗採に遭い続けた。島外に運び出されても育つ筈がなかったのだ。

そして、もう一つは、健人に再会するため。健人との約束をエマノンは守ろうとしたのだ。

幻視ではない。美波が見ているのはエマノンの記憶そのものだ。そして今、一人の男の子が、目の前にいる。幼いが、それが誰なのか、美波にはわかる。

子供時代の健人だった。

また会いたい。大好きです。そうエマノンに訴えている。結婚して下さい、と。その意味も知らずに。

エマノンは、この島に健人がいることを知っていた。しかし、婚約者がいることまでは知らなかった。

エマノンは診療所に健人がいることを知っていた。だから、診療所を目指していたのだ。幼い日の健人との約束を果たすために。

あのとき。

しかし、会わなかった。

何故？

エマノンらしい青い影の声が聞こえる。

「会わなくても、あなたが健人くんにはいるのよ」と。

最期のクロウアツモリソウを看取った斜面で、エマノンは季節外れの暴風雪に出遭った。いつもなら寒さをしのげる場所に避難していただろう。だが、そのときのエマノンには、このまま死を迎えることへの誘惑があった。

心の重荷から、正体のわからない使命から、永遠の時の流れから、総てから解放される。それも、ここで睡魔(すいま)に身を委(ゆだ)ねるだけでいいのだ、と。ここで、記憶の連鎖(れんさ)に終止符を打てるのだろうか？　そんなかすかな疑問も浮かんではいたが、ゆっくりと雪の斜面に身を横たえていた。

そのときに。その後、エマノンの意識が美波の意識に混濁(コンタミネーション)を始める。

健人は、エマノンの胸を押し続ける。

「しっかりするんだ。呼吸をしてくれ。心臓が……心臓が……」

意味にならない言葉で呼びかけ続ける。

同時だった。

処置を続ける健人の横で、どさりと音がする。

美波が床に倒れたのだ。しかし、健人は、エマノンから今手を離すわけにはいかない。

「美波さん！　美波さん！」と声をかける。美波から返事はない。健人が叫ぶ。

「香深の爺ちゃん。まだいますか？」

香深の爺ちゃんが飛びこんできて美波を見て驚き「どうすりゃいい？」

「手が離せません。楽にできるように横にしておいて下さい」

「おお、わかった」と香深の爺ちゃんは胸を張る。「服を脱がせた方が楽になるかな」

「ブランケットをかけておいて下さい！」と健人は語気を強めた。

「おや」と香深の爺ちゃんが、美波の手を見て言った。「右手が小刻みに震えてる。右手だけ」ほら、と指差しながらエマノンを見て目を丸くした。「その女の人も、右手が震えてる。二人の右手は……こりゃあ共鳴りしておる」

香深の爺ちゃんの言うとおりだ。偶然かどうかはわからない。エマノンと美波の右手は、同じ間隔で振動している。というより共鳴現象を起こしている。エマノンはまだ心音を取り戻していない。右手だけが生の徴候とは関係なく震えている。

この二人は、いったい……。

そのとき、驚くべきことに気がついた。今、香深の爺ちゃんの介抱を受けている美波の顔が少しずつ変化を始めている。美波の顔の筈だ。いや、微妙に違う。

顔の輪郭も少しずつシャープに変化していく。眉がくっきりと濃くなっている。鼻筋が目立つから彫りが深くなったように感じるのだろうか？　髪も伸びていく。長く。長く。

誰かに似ている。幼い頃のことだ。

健人は、そう思った。そして気がついた。美波から好きだと告白されて思い出した人。その人にぼんやり似ているとは思ったが、その人そのままだ。美波は知っていた。

エマノン。

何故、美波に変化が起こっているのだ。エマノンそっくりに。間違いない。そばかすさえも、同じ場所に浮かぶなんて。

そして、そのとき、自分が必死で回復処置をしている女性のことに気がついた。血の気を失い生の兆しが失せていたからだろうか。生命を救うことに心を奪われて、それが誰なのかということに迄、心が及ばなかったのではないのか？

今、この世を去ろうとしている女性こそ、幼い日に約束した女性ではないのか？　まさか……。二十数年も昔のことだ。ずいぶん自分より歳上だった筈だ。そんなことはありえない。

もう、この回復処置は無駄なのか？

そのとき奇跡が起こった。

エマノンの心臓が鼓動を打ち始めた。そして、大きくゆっくりと息を吸いこむ。

生き返った。健人は処置を自分で施しているにもかかわらず、すぐにはエマノンの蘇生が信じられずにいた。助けることができた。いや、彼女は、自力で蘇生したのかもしれないのだが。

そのしばらく前。

総ての地球生命の進化の記憶が、美波の中に流れこんでいた。途方もない記憶が。

「何故？　何が、どうなろうとしているの？」

青い影が、やはり戸惑っていた。青い影はエマノンだということはわかる。彼女は誰かに向かって抗議しているようだった。それが誰に対してなのか美波にはわからない。

「私が私であることを放棄するのを許さないのね。私だけを静かに逝かせてくれないの？」

その答えは、どこからも聞こえてこない。

「だから美波さんは、私が死んだら私の役を引き継ぐのね？　私の苦しみを、今度は美波さんが代わらされる……。誰かが引き受けることになるの？　だから共鳴現象を起こすのね。美波さんを私にするために」

美波は、非現実的な意識の渦を視覚的に体験していた。エマノンが、どういう人なのかが今の美波にはわかる。つらすぎるほどわかる。

「なんてつらい存在だったの？　生命の歴史の証人の役割をたった一人で背負いこむなんて。そして永遠の時を孤独の中ですごすなんて。エマノン！　安息に入って。私が代わるから」

誰かが美波を呼ぶ。懐かしい声で。

誰が呼んでいるというのか？

美波は、やっと目を開く。二人が美波を覗きこんでいた。健人の部屋に寝かされていた。

「健人さん」と呟くように言う。

「気がついたかい？　よかった」

思いだしていた。意識をなくす前私は診療所の診察室にいたのだ。右手が、まるで痙攣するように震え出した。エマノンが診察室に運びこまれたときから。

もう一人は……香深の爺ちゃんだ。

凄く永い夢を見ていた気がする。いったい何の夢だったんだろう。そうだ。エマノンの代わりを私は引き受けようとしたのだ。何十億年の記憶をエマノンの代わりに。

でも、ぼんやりとしか、その記憶はない。それもだんだんと薄れている。そのとき、あれほど激しかった右手の痙攣がおさまっていることに気がついた。

「エマノンは？」

あわてて美波は身を起こしていた。

「うん。仮死状態だったが、何という生命力だろうね。意識を取り戻したよ。まだ、診察室で休ませている。今日は信じられないことばかりを目撃するよ。美波さんが、初恋の人そっくりに見えたりね。理屈で考えると、どうしても説明がつかないのだけれど、ぼくが、幼い頃会った女の人も、エマノンだったに違いないんだ」

「じゃあ。エマノンは無事なのね。助かったのね」

「ああ。もちろんだ」そう言って健人はしげしげと美波の顔を凝視した。「元に戻っている。いつもの美波さんだ」と不思議そうに言った。

そのとき、診察室に様子を見に行った香深の爺ちゃんが、素っ頓狂な声をあげて飛びこんできた。

「いなくなってるよ。倒れていた姉ちゃんが消えちまった。服も姉ちゃんの荷物もだよ」

思わず、健人と美波は顔を見合わせていた。

「馬鹿な。仮死状態からやっと抜けだしたばかりなのに。まだ、しばらくは安静にしておかないと。と言うより、まだ、まともに動けない筈なのに。香深の爺ちゃん！　一緒に探してくれませんか？　まだ、遠くに行ってないと思うんです」

「おお合点だ」

健人と香深の爺ちゃんは、先を急ぐように外へ飛び出していった。二人は、無事に探しだせるのだろうか？　一人残された美波は、身体を動かすことさえできずにいた。

なにもかも夢のようだ。そしてエマノンは本当に実在したのだろうか？

ふと昼のことを思いだした美波は、やっと立ち上がると裏の勝手口を開けてみた。

さっきまでの暴風雪が今は嘘のようにやんでいる。風さえもない。そして、実はその夜が満月であったことを、そのとき初めて美波は知ったのだ。流れる雲の間から顔を見せてくれたからだ。

「いた！」

月光の下。海沿いの堤防の上にエマノンが座っていた。あわてて、美波は力を振り絞りエマノンのところへと駈け寄った。美波に気がついたエマノンが飛び下りる。

「皆、いなくなったって、あなたのこと探していたわ」

「ごめんなさい。そして美波さんにも迷惑をかけてしまった。私が死ねば、私だけで完結すると思っていたら、ちがっていた。美波さんが、私の代わりを引き継ぐんだとわかったから。必死で還ってきたの。美波さんに、そんな重荷を負わせるわけにいかないから。これは地球の全生命が私に与えた呪いに似ていると思う。美波さんをそんな地獄に落とすわけにはいかない」

「私……あなたそっくりになりかけたって」

「そう。共鳴したのよ。私と体質が似ていたから。私がいなくなっても、私の記憶を総て美波さんがバックアップしていたら美波さんはすぐに私になれるのよ。だから、私が生命を落としかけたとき、肉体も私になろうとしたの」

「どうして私なの？　体質が似ていたからって……それだけの理由で？」

「きっと、今の美波さんに迷いがあったのかも。今の運命に不安を持っていたんじゃない？」

そう言われれば、そうかもしれない。見知らぬ土地で、これまで体験したことのない環境。医師である夫とうまくやっていけるのだろうか？　自分にできることは何だろうか？　この島社会は自分を受け入れてくれるのか？

そんな正体のわからない不安が次々に湧いていた。そんな不安から逃げ出してしまいたい気持ちも生まれていたのではないか。

だから、選ばれたのだろうか？

「そうであれば、私がいなくなっても、私として旅を続ける存在になっていたのかもしれない。でも、それじゃだめ。私は、幼い日の健人さんと約束したわ。また必ず会えるって。そして、その約束は果たしたわ。これからは、美波さんが、私と健人さんの約束を引き継ぐべき。私になったりしてはいけないわ」

そう言うと、エマノンは口に両切りのタバコを咥えてライターで火を点けた。

「大丈夫よ。エマノン。もう不安はないわ。短い時間しかまだいないけれど、私も、この島が大好きになりそうなの」

美波は、そう答えた。

「そう。そうね。それが一番。私の迷いも、今はとりあえずなくなったわ。もう、私の右手も震えないもの。ごめんね、美波さん」

タバコを喫うエマノンの顔が赤く浮かんだ。その光が、遠くからも見えたのかもしれない。

「美波さん！　そこにいるんですか？」

健人の声が、届く。

「私は、ここにいます。エマノンも一緒ですよ」と美波は答えた。

その声を健人が聞いたかどうかわからない。しかし、美波が振り返ったとき、すでにエマノンの姿は、消えていた。

ひとひらスヴニール

桜並木が見えると、俊悟(しゅんご)は自分の母校である小学校の近くに戻ったという実感が湧(わ)いた。訪れたのは二十年振りということになる。

懐かしいと思っても容易に訪れることができる場所ではない。樫葉(かしば)駅からも十数キロ離れている。その山里には三つの集落があり、それぞれの集落の中間に役場と小学校があった。俊悟は祖父母の家から小学校に通った。

小学校に入る前、いくつもの悲しい出来事があった。母が病(やまい)に倒れて闘病生活に入った。父は責任ある仕事についていて俊悟の面倒をみる余裕はなかった。父が選んだ方法は、母が退院できるまで、俊悟を祖父母に預けることだった。

淋(さび)しさをこらえて山里で暮らし、また両親と暮らす日を待ち焦(こ)がれていた。しかし、母親の病状は改善するどころか、半年後には急変し、帰らぬ人になってしまった。そのときは母が「死んだ」ということの意味もよく理解できなかった。しかし、父とともに母を送るための一連の儀式で話さなくなった母が黒い額に入った過程で、もう二度と母に会うことはかなわないのだと思い知らされた。

それは悲しみだった。どうすれば悲しみが癒されるかはわかっていた。母に会うしか悲しみを除く方法はない。涙が溢れてきて止まることがなかった。涙が乾いても悲しみは去らなかった。だが、俊悟の周囲の人々は彼が自分でその悲しみを乗り越えるしかないと考えた。そして、再び父と離れて祖父母のもとで幼い日々を過ごすことになった。

友人もできなかった。地域に住んでいる子供たちもいたのだが、街で過ごしていた俊悟の感性とはまったく相容れない者ばかりだった。壁を作ってしまったのは俊悟の方からだったかもしれない。そうこうするうちに、祖父母が住む家の周囲に花が咲き始め、俊悟は小学校に通う年齢になった。

一学年一クラス。二十九名の一人だった。だが、ここでも俊悟は馴染めなかった。

小学校から、祖父母の家までは二キロ近くあった。授業が終わると級友の誘いも断り、家路を急いだ。淋しいだけの、何の楽しみもない日々だった。

学校から川沿いの道の二キロくらいは桜並木が続いた。その川沿いの土手で、俊悟は彼女に会ったのだ。彼女は、斜面に腰を下ろして川を見ていた。ジーンズをはいて生成りの粗編みセーターを身につけていた。春の風が吹くと、芥子菜の黄色い花々と一緒に長い髪が風下に流されるかのようにはためいていた。

その後ろ姿は、俊悟に母親を連想させた。

母親よりは、ずっと若い人のようだ。だがタバコを喫っている。この近所の人だろうか？

話したい、と思った。しかし、恥ずかしさから、話しかけられない。すると彼女は突然振り向いた。それからまぶしそうに右手を目の上にかざし俊悟を見た。俊悟は息が止まりそうだった。きれいな人だ。

俊悟は、そう思った。このあたりでは、絶対見ない人だ。お友だちになりたい。でも何も言えない。

「こんにちは」と若い女は言った。ごくりと生唾を飲みこみ俊悟は答えた。「こ、こんにちは。春田俊悟です。樫葉小学校一年生です」

「学校の帰りなのね」涼しげな彼女の目が笑いかけた。その瞬間、俊悟の中で嵐のようにさまざまな想いが渦巻いた。もっと一緒にいたい。誰なのか知りたい。親しくなりたい。この女の人のこと、すべてを知りたい。あまりにも多くの考えが浮かび、声さえ出ない。やっと掠れ声が出た。「そうです。お姉さんは？」

「何してるかってこと？　名前？」そのそれぞれに、そうだ！　と俊悟は頷く。

「ヒカリの……友だちの家が落人岳の中腹にあるの。約束を果たさなくちゃならないから、来たのよ。日用品が必要になったから、山を下りてきたわ」俊悟は相槌も打たずに彼女に見とれていた。「しばらく、山から来たりするわ。本当は海が好きなんだけれど」

そのとき、俊悟の口を突いて出たのは「ヤマワロ」という言葉だった。祖父が教えてくれた海に住む悪戯な妖怪カッパが山に入ってヤマワロになる話を思いだしたからだ。カッパもヤマワロもどんな姿形か俊悟は知らなかったこともある。

「ヤマワロ。あはは。私、色んな人にエマノンと呼んでもらうこと……あるわ」

それは、その女の人にとってぴったりな名前だと俊悟には思えた。エマノン……と何度か、口の中で呟いていた。まるで外国の人のような名前だし。エマノンは立ち上がりぱんぱんに張ったナップザックを肩にすると一度大きく髪をはらった。すると風で長い髪がなびく。

俊悟は焦った。何を言えばいいのか。

「ねえ、エマノンさん、また会えますか？」

エマノンは驚いたように俊悟を見た。あわてて俊悟は付け加えた。母のことは言わなかった。どんなに毎日淋しいかも言わなかった。ただ、この女の人とはもっと一緒にいたい。そんな抗いがたいものを彼女はまわりに放っていた。それから、彼女は落人岳の方を見て呟くように言った。「まだ、しばらくはあの山にいるから。毎日ではないけれど、里に来たときは、ここにいるわ。多分、桜が散る頃までは」

そのとき、土手の桜の樹から、ひとひらの花びらが舞っていくのを俊悟は見た。そして思いしった。エマノンと会えるのは、そう長いことではないのではないか。

母が、いつの間にか突然、自分の側からいなくなったように。好きな人、大事な人とはそのように別れなければならないように、世の中はできている。実は世の中の大人はそのことを皆が心得ている、と。そんな考えが起こった。それが大人になるということなら、自分は耐えられない。

エマノンは落人岳の方角に歩き去っていった。その後ろ姿を俊悟は見送る。風が吹き、雪のように花びらが舞った。そしてエマノンが消えた。

エマノンとは、どんな人だろう。どこから来た人なのだろう。俊悟にはわからなかった。ただ、これだけはわかった。自分がこれ迄に会ったうちで一番素敵で大好きな人だと。

小学校が終わると、駈け足で約束の土手へ急ぐ。エマノンと最初に会った翌日、彼女の姿はなかった。どれ程落胆したことか。

俊悟は毎日、その土手までランドセルを背負い全力疾走した。そしてエマノンに会えないことで脱力した。待っていれば遅れて現れるのではないか。そうも思えて。しかし、彼女が現れない日が続いた。そのような日が続くと、俊悟は、自分に言い聞かせる術を学んだ。例の土手に近付く前に、呟くのだった。今日もエマノンは来ていない。今日もエマノンは来ていない、と。そうすれば、エマノンが来ていなくても少しは失望を軽くすることができる。実際には失望や落胆を軽くする効果がそれほどあったとは思えないが。

　土手に花吹雪が舞う日に、彼女はいた。俊悟は目を疑った。夢じゃない。人違いでもない。桜の樹の蔭に横になって空を見ていた。

　ゆらゆらとエマノンの右手から煙がたなびく。彼女は煙草を持っていたからだ。彼女は俊悟の足音に気がついて身を起こした。それから俊悟と会わなかった数日などなかったように小首を傾げ、微笑んだ。思わず俊悟は立ちつくし「エマノンがいた」と叫ぶ。俊悟はそのまま、エマノンにしがみつきたいのを必死で抑えていた。

　その日、エマノンは竹の皮で包んだ菓子を俊悟に出した。餅とも木の実ともわからないもので砂糖とは違う甘さがあった。美味しかった。甘い！　と俊悟が言うと、エマノンは花の蜜の甘さよ、と教えてくれた。ということは彼女の手作りだと知る。そして、自分のために菓子を用意してくれたと考えると、胸がいっぱいになっていた。ひょっとして、エマノンは自分のことを忘れたのではないかと考えたこともあった。しかし、そうではなかった。それが何より嬉しかった。

「もうそろそろ、ヒカリを迎える準備が終わる」

エマノンは、そう言った。それはどういうことなのか。再会の翌々日のことだ。

「もうエマノンは、ここを発つの？」

彼女は頷いた。

「旅に出るのよ」と。

「もう、落人岳には帰ってこないの？」

「時機が来たら、来るわ。ヒカリの願いだから。彼女を看取る約束があるから。三年後に」

三年後は、一九九〇年だった。

「そのとき、また会えるの？」

「多分」

「何月頃？」

「ヒカリから聞いた。桜の頃だって。でもヒカリとの約束が優先するわ」

「それからは？」

「わからない。私も旅ができない時期があるから」

俊悟はその意味が、よくわからずにいた。どのように尋ねたらいいのかもわからなかった。そしてヒカリさんとは誰なのだろう？

「ヒカリさんって、どんなお友だち？」

「親友よ。ずっと大事なお友だち」

「子供の頃から？　何年前から？」

「数……十億年前から」

エマノンの答えを、もちろん俊悟は理解できずにいる。

「ヒカリさんって、お婆さんなの？　それから……それから、エマノンも、そんな昔からいたということ？」

「そのときによって違う」

ヒカリという人は妖精のような存在かと俊悟は想像していた。エマノンは、わかりやすく説明してくれる人ではないと俊悟にはわかっていた。それからエマノンはひとりごとのように付け加えた。「私はね、生命のぜんぶの記憶を引き継いでいるの」

「よくわからない」

「俊悟くんが私の話を理解できるようになったときに教えることにする」

それで、俊悟は納得した。なによりもエマノンが自分のことを俊悟とちゃんと名前で呼んでくれたことが嬉しかった。

それからエマノンが宣言したとおり、彼女は俊悟の前から姿を消した。それからの三年間は、俊悟はエマノンのいない世界で暮らした。母親のいない生活にもいつしか慣れるようにはなったが、それは再びエマノンに会うことができるという思いがあってのことだ。

友人も少しずつ増えた。樫葉村での暮らしも楽しいとは思わなかったが、再びエマノンと会える日が訪れると自分に言いきかせ、心の支えとして過ごしていった。エマノンのことは土手を通るたびに思い出した。ヒカリというエマノンのお友だちが死ぬことを何故三年も前にわかっているのかが不思議でならなかったのだが。

桜の季節がまた訪れ、去っていった。

三度目の桜の季節になった頃、俊悟は、春休みにもかかわらず、買ってもらった自転車で土手までを何度も往復した。

そして、エマノンが約束を守ることを知った。桜の樹の蔭で、淋しげに立っていた。上半身を幹にもたれかかって。

風が吹くと桜の花が舞い、あたりは真っ白になった。その向こうでエマノンの長い髪がはためくのがわかった。ジーンズに粗編みのセーター。そんな女性はエマノン以外にはいない。会いたかった。

「俊悟くん?」とエマノンは呼びかけた。

「そうです。エマノン。帰ってきてくれたの？」

「ヒカリとの約束を果たしたの」それで、俊悟は、ヒカリという友人のことを思い出した。彼女も大事な人を送り、俊悟との約束もまた果たそうとしてくれたのだ。どんな言葉をかけるべきなのか、俊悟にはわからず、エマノンを見るだけで精一杯だった。そして「ずっと待っていた。ずっと会いたかった」とだけやっと言うことができた。エマノンは大きく頷いて言った。「俊悟くん。大きくなったわ」

エマノンは俊悟の目には、ちっとも変わってはいなかった。

「エマノンはしばらく落人岳にいるの？」

「ごめんなさい。また旅に出るのよ」

残念だった。しかし、それは俊悟が予測した答えでもあった。俊悟は、この日、自分がエマノンに言うべきことを年の暮れから何度も心の中で呟き続けていた。

父が祖父母の家に訪ねてきて、俊悟に伝えたのだ。定期異動で内勤になること。だから、新学年から一緒に暮らせる、と。そして親らしく接する機会がそれ迄少なかったことを俊悟に詫びた。それを拒否する理由は俊悟にはなかった。エマノンのことを除いては。

「ぼくも、ここから引っ越しする。父さんと一緒に熊本市で暮らす。だから、エマノンと今度いつ会えるか教えて欲しい。必ず会いたいから。また会えるでしょう？」

「会えるとしても、何年先になるのか？　私もそのときは俊悟くんにはわからなくなっているかもしれない」

俊悟は悲しかった。エマノンは、そのとき歳老いていると考えているのだ。そして、そのときの姿を俊悟に見せたくないと考えている。そうであっても、かまわない。俊悟は思う。「本当は大きくなったらエマノンと一緒に暮らしたいと思うほどだよ。ぼくが大人になって、エマノンがお婆さんになっても、ぼくはかまわない」

「それは、いけないわ。もう、大人になるんだから、私のことは考えないで。自分の人生だけを考えて」

「どうして？　三年間待てたんだから、次に会えるのが何時だと言ったら、それまで待てるよ。どこにいるか教えてくれたらその場所へ行くよ」

エマノンは、しばらく俊悟を見た。「わかったわ。そのときの私が、どうなっているかわからないけれど。今の姿じゃない。それでもいいの？」

「いいって！　本当だ」

「じゃ、二十年後。三月の最後の日。ここで」

それが二十年前のことになると俊悟は思う。

見上げる。

あのときも、このようにソメイヨシノは満開だった。もうエマノンが発つというときに、彼女は俊悟にもう一度、念を押した。自分の人生を歩いて。大人になったら、本当に好きな人を見つけて結婚して。できれば私のことは忘れてしまって。

今では、俊悟も三十歳を過ぎた。あれから父と暮らし大学からは東京の生活になった。父は再婚した。連絡こそとるが、ほとんど訪ねる機会もなくなった。

俊悟も、あれからいろんな女性と知り合いはしたが、結婚に至ることはなかった。どうしても比較してしまう女性がいるのだ。子供の頃に逢った、きれいなお姉さん。髪の長いそばかすのある背が高い人。化粧はしていないのに、ふっと見せる笑顔から目が離せなくなる人。エマノンと言った。もちろん、本当の名前ではないだろう。だが、俊悟の幼い日に会ったエマノンは心に刻みこまれたのだ。

どうして、もっと早く再会の日を指定しなかったのかも、俊悟には不思議だった。何故二十年後なのか？　そして三月の末日でなければならなかったのか？

俊悟は、成長するに従い、そんな疑問に自分なりの解答を試みたが、いつも壁に突きあたるのだった。

大学の頃、一人で訪れてエマノンが訪ねていた友人ヒカリの住まいを落人岳で探した。確かに廃屋はあった。何年も誰も住んだ気配もないような。そして、その近くには苔むした墓があった。〝暉里〟と彫られていた。ヒカリと読むのだろうかと、俊悟は思った。エマノンの訪れていた跡は見つけることはできなかった。ヒカリがエマノンにとってどのような人だったのかもわからないままとなった。そして、俊悟がそれからできたことは、エマノンとの約束の日を迎えることだけだ。樫葉村を離れても、毎年、桜の咲く頃はエマノンのことを思い出さないことはなかった。そして、そのたびに、今のエマノンはどうしているのだろう、と思いを馳せるのだった。

祖父母が逝ってからは樫葉村との縁も途絶えた。ときおりネットで樫葉村のホームページを開いた。今では朝霧町に統合され、朝霧町樫葉支所となっていた。しかし、エマノンに関する情報を補強してくれるものは何もなく、すぐにページを閉じていた。

そして。二十年目の三月三十一日。早朝に俊悟は樫葉村の川沿いの桜並木にいた。桜は満開だった。川岸には舗装された遊歩道ができていた。河川整備されて、風景も変わった気がする。近所の老人が犬を連れて散歩する姿が見えた。この道を毎日歩いて小学校に通ったことを思い出す。今日は通学の子供たちの姿はない。三月三十一日で、春休みの時期なのだから。川の向こうに俊悟が知らない建物がいくつもならんでいた。だが、変わっていないものもある。見上げたときに広がる稜線だ。天狗岳、仰国見岳、落人岳。新たに土手に設けられたベンチに腰を下ろした。

エマノンは来てくれるだろうか？　来てくれたとして自分のことがわかるだろうか？

そしてエマノンは、どうなっているのだろう。もう、四十歳を過ぎたろうか？　彼女は変わったろうか？

さまざまな思いが、とりとめもなく浮かび消えていく。自分がエマノンなら、来ただろうか？　二十年前の子供と交わした約束のために。

いや、来なくて当然だろう。それでも、かまわない。ここへ来てよかった。またエマノンのことを、思い出せた。自分の中でのエマノンの存在の大きさを確認できた。

桜の花だけではない。芥子菜の花の黄色が遊歩道を絨毯のように見せていた。モンシロチョウが儚げに目の前を舞う。ベンチを桜の樹が影になって覆ってくれる。時間は気にならなかった。ゆっくり、この一日をこの場所で過ごせれば、それでいいのだ。すでに太陽は傾こうとしていた。風が頬を撫ぜると、期待がいつの間にか睡魔にとって代わられようとしていた。

意識が遠くに持ち去られようとしたとき、俊悟は気配を感じた。目を開くとひらひらと一枚だけ花びらが落ちていく。それから、あわてて横を見る。

若い女性が立っていた。二十歳前だろうか。美しい少女だった。エマノンが、こんなに若い筈はない。美しいが、エマノンではなかった。彼女は、俊悟に言った。

「エマノン？」と思わず問い返す。少女はちがう、というように首を横に振る。「エマノンに頼まれました。ここに来る筈だからって」

「あなたは？　エマノンの娘さんですか？」そう考えるのが、一番自然だった。「ちがいます。エマノンの友人です」

「どこに住んでおられるんですか？　ここ？　樫葉の？」すると、彼女は山を指した。落人岳の方を。ひょっとして。「あなたはヒカリさんの……？」娘さんかと尋ねようとした。少女は驚いたように、俊悟を見た。「ええ、ヒカリです。エマノンに頼まれました。今日、来る筈だから、会って伝えてって。約束守ってくれて、ありがとうって。忘れずにいてくれたのね。私も俊悟くんのことは忘れません、と」

ヒカリは亡くなった人のことではないか？　そうエマノンは言っていた。

「エマノンは元気ですか？」

「元気です」

「どうしてエマノンは来てくれなかったんです？　約束したのに。二十年後に、ここでって」

「会わない方がいいって。エマノンは言いました。でも、約束は守ったたって」

「俊悟さん？」

姿を現さずに約束を守ったとは、どういうことなのか。思いきって俊悟は尋ねた。

「ヒカリさん。あなたのことは、昔、エマノンから聞いたことがあります。もう……亡くなった友だちだって」

ヒカリは否定することはなく、一度目を大きく開き、頷いた。「そのとおりよ。でも、私はいろんな時を超える。だから、生まれる時間も死ぬ時間もばらばら。時間的には過去に死んでいるけれど、私が生まれるのは、もっと未来。そして、私とエマノンはずっと友だち。だから、私とエマノンは助け合うの。エマノンは私の頼みをかなえてくれる。だから、私もエマノンが困ったときは、彼女の願いをかなえるわ。今が、そう」

「エマノンは……会えないって。病気なのですか？」

「ちがう。どう言えばいいのか。自分でもどうにもならない時期が定期的に訪れるのよ。今がそう。二十年前には、彼女には予測がつかなかったって」

「また、ぼくはエマノンに会えますか？　どんなにお婆さんになっていてもいい。もう一度会えるようにヒカリさんから頼んで貰えませんか？」

「やはり、そうね。じゃあ、十年後。十年後の今日。この場所で。それまで俊悟さんは、自分の人生を歩んで」

エマノンとの約束ではない。エマノンの友人との約束なんて、より不確実だとわかっていた。エマノンがどうにもならない定期的な状態というのは俊悟には想像もつかなかった。だが俊悟との約束をエマノンは憶えていてくれた。だから、ヒカリを遣わしたのだ。それだけでもよかったと考えるべきではないのか。

ヒカリは、俊悟に頭を下げ、その場を去る。「エマノンによろしく」と俊悟が声をかけるとヒカリは振り返り頷き片手を上げた。ヒカリを見送る。最初の角を曲がるとヒカリの姿は見えなくなった。もう一言、伝えずにはいられなかった。

十年後には必ず待っているから、と。

俊悟は、ヒカリの去った角に走った。しかし、角を曲がるともうヒカリはいなかった。遅かった。俊悟が諦めて立ち去ろうとしたときだ。民家からヒカリが現れた。だが一人ではない。乳呑み児を抱いて現れたのだ。そこが託児所であることは看板でわかった。俊悟は駈け寄ろうとして、その足を止めた。抱かれた乳呑み児がヒカリの肩越しに、俊悟を見ていたのだった。

その目に見覚えがあった。俊悟は、なんの説明も必要なく、その乳呑み児が誰なのか理解していた。

その赤子はヒカリの子でもエマノンの子でもない。エマノンその人なのだ。理由なぞわからない。同じ涼しげな目を持っているのだから。理由を知っても理解できないこともわかっていた。

それを確かめたかった。ヒカリと乳呑み児に駈け寄ろうとしたが、その足を止めるしかなかった。

俊悟は、乳呑み児の目に射すくめられていた。これ以上来てはいけない。そう、その目は言っていた。代わりに乳呑み児は、口を開いた。声は聞こえない。だが、俊悟は、その口の動きを必死で読もうとした。

「また会える」

「十年後よ」

「俊悟くん」

その、どれかを口にしたと思えた。だが、それが、本当は何と言ったのかは、わからないままになったのだ。

風が吹き、雪のように背後から桜の花びらが舞った。最後のひとひらが去ったとき、ヒカリと乳呑み児の姿は見えなくなっていた。

さよならモイーズ

人類は四百万年前のアフリカに共通の祖先を持っていると言われる。

いわゆるミトコンドリアDNA分析による説だ。

つまり、エマノンもその時代はアフリカにいたことになる。進化の先端にいるべき使命を与えられている彼女であれば、当然だろう。

それからも彼女は旅を続けている。群れに属さず、社会にも組みこまれず。そのとき、彼女の裡から湧き上がってくる発作にも似た行動欲求に従って。だから、旅を続けることはエマノンにとっては、理由などない。エマノンは衝動に従って正直に生きているだけだ。

三十億年分もの地球生命の記憶を持つエマノンにとって、いくつか学習していることがある。それは法則とは言いがたいのだが、シンクロニシティは何かの意味を持っているということだ。単なる偶然ではすまされないと思う。

今、数十年ぶりにアフリカの地を踏むことになるとは数ヵ月前まで思ってもいなかった。

アルバタイン地溝の赤道付近だった。

地の果てまで続く道路の上をエマノンは歩いていた。道の両脇は丈(たけ)の高い草が彼方(かなた)まで広がっている。熱帯長草草原地帯だ。草原の中に点々と巨木を見ることができた。幹(みき)だけ高みまで一直線に伸びている。そこまでは枝はなく、そこから四方に枝と葉を伸ばす。

アフリカバオバブの樹だ。

道路さえ走っていなければ、その光景(こうけい)は壮大さまで含めて四百万年前と少しも変わることはない。

そして道路は走っているものの、走るべき自動車の姿は今は見えない。

アフリカの地でも二十世紀の終わりから二十一世紀に至(いた)って、いくつも紛争(ふんそう)が続いている。

この道路の果ての見えない場所でも、道路そのものが崩壊(ほうかい)している。原因は雨季(うき)に降った豪雨がえぐるように洗い流した結果、道が再建されない婉曲(えんきょく)な因は、民族紛争による政治の停滞(ていたい)にあるのだが。

紛争は種族間の憎悪(ぞうお)から始まった。民族紛争は民族虐殺(ぎゃくさつ)にまで発展する。虐殺の後に隣国に逃げた一族は難民となった。その難民の中に反政府軍がいたため周辺国を巻きこんで紛争は拡大した。そして膠着(こうちゃく)状態が続き、その後に和平合意がなされた。それはあくまで表面的なもので、地域では相変わらず紛争は続いていた。内戦状態になったが、その紛争の背後にはより混沌とした状況が渦巻くことになっていた。

　アフリカ大陸の十数の国々が軍事介入し、金や武器を供給していた。それに国家とは関係ない野盗のような暴力集団「国境なき武装集団」が加わっていた。ローカル民族紛争、武装集団同士の戦い、反政府紛争。

　そしてアフリカ大陸以外の二十ヵ国以上が紛争関連ビジネスに加わっている背景には、この国の地下には、魅力的な資源が眠っているという事情がある。

　紛争は数百万人の死者を生んだ。紛争が長期化することで、飢えと病が拡大し、人々の地獄のような状況は悪循環を繰り返すしかなかった。その中のかすかに残った集落を武装集団は襲い、わずかな食べものを奪い、子供たちを拉致していく。その子供たちはナイフと銃器を与えられ、洗脳を受け訓練を受けて、兵士になるのだ。家族や知り合いにも銃を向けることのできる兵士に。

　今、エマノンが道路を歩き続けている国の正体はそんな場所に変わってしまっている。だが、その道路を除けば、草原も彼方の山の光景も、四百万年前とほとんど変わることは、ない。

　ずいぶん長いことその道路を自動車が走ることはなかったのだろう。舗装道の表面に幾筋もの亀裂が走っている。そしてその亀裂の間から丈の高い草たちが生えている。それ程の期間、道路として使用されていないことを示す。

しかし、道路が走る方向で、エマノンはかつて同じ場所を歩いたことを思い出した。

それはまだ、数十年昔のことでしかない。

この道路の先に森があった。森を抜けたところでそのときは陽が暮れた。

エマノンは、そのとき最悪の体調だった。彼女は免疫を持たない毒虫にやられていたのだ。足を丸太のように腫れあがらせて、休める場所を探した。そして金網に囲まれた施設らしき場所にたどり着いた。

数日だけ、そこで休息をとらせてもらうつもりだった。体調が復活したら、また旅を続けようと考えていた。

施設にもぐりこみ、粗末な小屋を探し出すと、その中で横になった。そこが、何の施設なのか、そのときのエマノンには考える余裕もなかった。

エマノンが気がついたとき、ジーンズが脱がされ、足に繃帯が巻かれていた。

小屋に現れたのは、褐色の肌の若い女だった。

「このあたりの毛虫には、毒を持っているのが何種類もいるわ。一人で歩きまわっていたの？　不用心すぎる。一応、腫れているところには軟膏を塗っておいた。すごい熱だったから、体力を失っている筈よ。気にしなくていいから、ゆっくり休んでいけばいい」

笑顔で、そう言う彼女にエマノンは好感を持った。女がエマノンに手当てを施したのだ。しかし、腫れは痛みを伴っていた。エマノンはそれからの数日を女の好意に甘えることにした。

白衣の胸にプレートがあり、エマノンは彼女の名を知った。「ツォボ州立大学霊長類保護区」という表示の下に「コモナ・ムアンザ」とあった。

それから彼女はエマノンに肩を貸し、自分の生活棟まで連れていってくれた。その間にこの施設がどのような性格のものであるのかを、ぼんやりと知った。

いくつもの檻があった。大きなドーム状の檻にはチンパンジーたちがいる。そして他の檻の棟には部屋毎にゴリラやオランウータンがいた。観光客相手の施設とは違う性格のものだということはエマノンにもわかる。

コモナは、エマノンに食べものを用意してくれて、状況を教えてくれた。

ここはツォボ州立大が引き受けて間もない施設なのだと。つい先日まではヨーロッパ資本の製薬会社の新薬開発センターだったという。

「というと、ここにいる猿たちは？」

「そう。製薬会社が新薬を開発したら、ここにいる猿を使って臨床実験をやっていたのよ。

人間では試すことができない未知の副作用を持っているかもしれない新薬の。そして、そのような事実が広がれば動物虐待として、世間からも叩かれることになる。だからこそ、このような人目につかない場所にセンターを作っていたんです。ところが、製薬会社が、センターを放棄せざるを得なくなってしまった」

エマノンは知っていた。このあたりの国々で、この数十年、常に動乱が続いていること を。戦火が拡大しているのだ。

「このあたりも物騒になったのね」

「ええ。東の隣国から難民たちが逃げこんできてから、日常的な戦闘が珍しくなくなっていた。だから、ヨーロッパから派遣されて来ていた製薬会社の社員たちは我先に逃げ出していった。ところが、センターにはたくさんの猿たちが残されたままになってしまった。このままだと、猿たちは飢えてしまうわ。だから、ツォボ州立大学霊長類研究所が、『保護区』として管理することにしたの」

残された猿たちには、何の罪もないのだ、とコモナは言った。

コモナは、ツォボ州立大の院生だという。州立大霊長類研究所の所員を目指していたから「保護区」で猿たちの世話をすることは、自分から希望したのだという。

製薬会社のセンター勤務の人々は夜逃げ同様にいなくなっていたから、引き継ぎは何も行われないままだった。ただ、地元にいる飼育員の人々と手を取りあって「保護区」を必死で守り続けているのだという。

「すべての餌代には足りないけれど、皆でなんとかやりくりしているわ」とコモナは笑った。保護区内で食料にできるものを可能なかぎり育てているのだと。アルバタイン地溝の西は湿潤な気候だ。その森で自生するイチジクは、年中、霊長類の餌として確保できた。それに、地元飼育員たちが持ち寄ってくれる食料も馬鹿にできないということだった。

「この周囲には充分すぎる程の未開の森があるわ。自然に帰してやるという選択肢はないのかしら」そうエマノンは尋ねた。エマノン自身は、一人でも生きていく能力が身についている。猿たちも、自然に戻れば環境に適応できるのではないかと思っただけだ。

「どうかしら。今、私は霊長類のことを学びはじめたばかりだから、自信を持って判断することはできないわ。それに、ここは彼等にとって異国だし、まだ野生を体験したことのない個体がほとんどだし。でも、ありがとう。いずれは、そのような選択を迫られることもあるかもしれない。それまでは私も経験を積みます」

　そんなコモナの言葉が、まだエマノンの耳に残っている。エマノンは思った。あれから数十年が経過した。エマノンもあのときの肉体ではない。次の世代に記憶は移っている。

　コモナ・ムアンザは元気でいるのだろうか？　あの時代よりも、この国の情勢は劣悪になっていると伝え聞いていた。若々しかったコモナも、それなりの年齢を重ねている筈だった。あれから彼女はどのような人生を過ごしたのか？　州立大学の大学院生だった彼女は、どんな生き方の選択をしたのだろうか？

今、どこにいるのだろう？　家庭を持ったのか？　素晴らしい伴侶と巡りあったのだろうか？　それとも、霊長類の研究という初心を貫いたのだろうか？

エマノンにはわかる筈もない。自分がかつて受けた恩に感謝し、コモナ・ムアンザの幸福を願うだけだ。

いかにエマノンが過去の地球の生命の系統発生の記憶を持っていたにしても、同時代の世界で起こっているすべてのできごとを知るわけにはいかないからだ。

霊長類保護区という施設が現存しているのかどうかもわからない。

道路が、こうも荒れていることの理由をエマノンはそのまま歩き続けて知ることになる。

その道路は森に入る。森の向こうの斜面にツォボ州立大霊長類保護区に向かう道が見える筈だった。

沼の近く迄来たときに道路が荒れていた原因がわかった。道路が何ヵ所もえぐられてしまって寸断している。人の手によるものではないとわかった。雨季に豪雨によって道路が流され、そのまま復旧工事もされないままにほったらかされているらしい。従って道路も使われた痕跡がない筈だ。だから舗装道路表面の亀裂から雑草が伸び出していたのだ。

損壊したままの道路の先を横切るように、道路が走っているのが見えた。但し、こちらの道路は未舗装だ。だが大きくカーブして森の向こうへと続いているようだ。この道路こそが、今のこの地域の生活道路ではないのか。

エマノンの直感が働いた。その道をたどれば数十年前に世話になったコモナがいた「保護区」に続いているのではないか、と。

どうするか、とエマノンは一瞬迷った。立ち止まりナップザックから両切りのタバコを一本取り出すと口に咥えた。何かに迷ったとき。記憶の中でその答えをたどろうとしたとき。そんなときに無意識に喫ってしまう。

これは彼女の癖なのだ。

銀色のジッポーのライターで火を点けると、一度大きく吸いこむ。

ここに再び足を向けてしまったのも何かの縁だと思った。もう一度訪ねてみようか。

そう思ったときに一陣の風が吹いた。風はエマノンの長い髪をはためかせた。

まだ、青空だった。なのに彼方では遠雷が不安気に天の鼓動のように轟いていた。

エマノンはナップザックを握ると再び歩き始めた。

森の中へと道は入る。このような場所だったろうか。かつてエマノンが毒虫にやられたのは。注意をはらいながら自動車一台がやっと通る小径を急いだ。

先に光が見えた。森を抜けるのだ。と同時に人の気配を感じた。気のせいではない。

エマノンは耳をすました。風がそよぐ音に混じってはっきりと呻き声を聞いた。

思わず小走りになった。遠くではない。森を抜けた目と鼻の先だ。

間違いなかった。

一台のランドクルーザーが横転していた。それも、これほどひどく破壊されているとは。運転ミスによるものでないことは一目でわかる。なによりも車輛が黒く焼け焦げてしまっている。すでに残骸だ。完全燃焼のためだろうか。運転席と助手席には遺体らしきものが残っていた。人の形をしているらしいことはわかる。しかし炭化して縮んでしまっていた。ロケット弾による攻撃を受けたのだろう。そして一瞬にすべて炎に包まれてしまったようだ。遺体は年齢も性別もわからない。

生の徴は微塵もない。とすれば、聞こえたと思ったあの呻き声はなんだったのか？

まだ焦げた肉と油の臭いがあたりを支配していた。

このあたりには、まだ野盗のような武装集団が徘徊しているのだ。敵味方もよく確認しないままに、このランドクルーザーは攻撃を受けたと思われた。

再び呻き声がした。その声の方を見た。数メートルも離れた繁みの中で誰かが横たわっている。白いものが見える。呻き声は女の声だった。

あわてて、エマノンは声の主のところへ駆け寄っていった。白衣の女が横たわっているのを見てエマノンは、大きく口を開いた。

女は、ひどい傷を負っていた。ロケット弾を撃ちこまれたとき、女は奇跡的に車外に投げ出されたのだろう。だが、この怪我の様子では、彼女はそれほどもちそうにない。どのくらいの時間、彼女はそこにその状態のままいたのだろう。いや、よく生きていたものだ。

そして何よりもエマノンが驚かされたのは横たわる女の正体だ。エマノンが知っている女性より、老けてはいる。しかし、間違いない。

数十年前に毒虫にやられたエマノンを介抱してくれた人物ではないか。

コモナ・ムアンザ。

さっきまで、コモナのことを考えていたというのに。このような再会を果たすことになるとは。

出血のため、コモナの顔色は、蒼黒に変わっていた。しかも唇に生の気配はない。数十年の時の経過ははっきりとコモナの顔に刻まれていた。それだけの期間、エマノンはコモナに会っていなかったのだ。だが、コモナであることは間違いない。

エマノンにはわかった。コモナには、もう時間が残されていない、と。やっと生に繋がれているだけだ。

エマノンはコモナを抱いた。意識があるかどうかはわからない。そして彼女の名を呼んだ。

「コモナ……」

閉じられていた目がゆっくりと開く。コモナは自分の見たものが信じられないようだった。エマノンのことは憶えていたようだ。信じられない筈だ。数十年前と年齢が変わらない人物が、瀕死の自分を抱いているのだから。

「コモナ。私がわかる？　昔、私を助けてくれた」

コモナは、かすかに口を動かしたが声にはならなかった。エマノンのことがわかったようだ。

もう一度コモナは口を動かす。

「何か言いたいのね」

エマノンが問いかけると、コモナはかろうじて首を振った。今にも彼女の生命の灯が消えかけている。エマノンはコモナの口もとに耳を近付けた。

コモナは口を動かす。それをエマノンは黙って聞く。

かすかにエマノンは聞いた。そして知った。コモナは、今もツォボ州立大で霊長類を研究していることを。そして大学と保護区を定期的に往き来していたことを。

コモナ・ムアンザは初心を貫き霊長類研究に自分の人生を捧げたのだ。そのとき、エマノンは気がついていた。コモナの首から下げたカードに〈教授〉と書かれていたことを。年齢を重ねていたものの、コモナはまだ若さを保っている。それだけ優秀であり熱心な研究者であったということだ。

「わかったわ。彼の名はモイーズというのね。コモナも保護区迄、私が連れていく」

コモナは、首を横に振る仕草をした。とても無理だ、と言うように。それから、エマノンに気持ちを伝えて安堵したように肩を落とした。彼女にとって、自分が乗っていたランドクルーザーを攻撃したのが誰かということなど、どうでもいいと思っているようだ。今、この国ではどのような武装集団から攻撃を受けても不思議ではないのだ。反政府軍、少数民族の自衛軍、リーダーのいなくなった多国籍傭兵軍、誘拐した子供たちの武装集団。いまだに、混沌とした戦闘が続いている。日々食べるものを確保するためだけに襲撃しているグループもそうだ。国のほとんどは復興する余裕もなく荒廃し、最悪の衛生状況の中で、致死率の高い伝染病が蔓延していた。人々には人間としての尊厳も残されていないのだ。すべての人々が絶望の中で時を過ごすことしかできない国となっていた。エマノンは知っている。世界の人々が、今この国で何が起こっているかということについてあまりにも無知であることを。

コモナの表情から、かすかに残っていた生の徴が消えていた。エマノンはコモナの身体(からだ)を横たえた。それから呟(つぶや)いた。

「これから、向かうわ。あなたが行こうとしていた保護区へ。そしてモイーズに会う。彼はひとりぼっちになるのね。約束します。必ず彼を守ります」

それが、かつてエマノンを介抱してくれたコモナ・ムアンザに対しての礼儀だと考えていた。コモナは案じていた。ツォボ州立大霊長類保護区界隈(かいわい)で戦闘が続いているらしいことを。研究所に連絡が入り、コモナは保護区へ急いでいたのだと。

自分がどれだけ保護区を守るのに役立つかどうかわからない。しかし、コモナと約束したことは、どれほど自信がなくても守らなければならない。

コモナを弔(とむら)うのは後だ、とエマノンは思った。先(ま)ずはコモナとの約束を果たすことを優先する。

保護区への道はわかっている。エマノンは一刻も早く保護区へたどり着くために、その場を後にした。

どう行動するべきなのか？

モイーズは迷っていた。

ママはいつも言っていた。「私がいないとき、モイーズは男の子なんだから、保護区にいる皆を、モイーズが守ってやらなければならないのよ？」それからモイーズが黙っているとママは念を押すのだ。

「ねえ。モイーズ。大丈夫？　やれる？」

モイーズは、そこでやっと答える。

「ママ。安心して。動物たちは、ぼくがちゃんと守るよ」

するとママは、嬉しそうに顔をくしゃくしゃにしてモイーズを抱き締めるのだ。力一杯に。モイーズはそんなときは、しばらくはママに抱かれたままにしている。それが、ママが喜ぶことだからだ。

ママは忙しい。それは、モイーズは承知している。ママは、この保護区のすべての総責任者であり、州立大学でいくつも講義を持っていることも知っている。だから、常に保護区にいるわけにはいかないのだ。三日間の講義を終えると、保護区に帰ってきて週末迄の四日間をモイーズや動物たちと過ごす。

ママがいないと淋しいと思うが、もう自分は子供ではないとモイーズは自分に言い聞かせている。だから、モイーズはママが自分に対して願っていることを果たすのが、当然と思っている。

いつもであれば、保護区に通(かよ)って動物たちの世話をするルムンバさんやギゼンガさん一家の姿が見えない。

保護区のチンパンジーの檻の近くに住んでるカバンゲさん一家は、いる筈だと思っていた。ところが、一緒によく遊ぶカバンゲさんのところのジョゼフが朝早くモイーズの部屋の窓を叩いたのだ。

「どうしたんだ」とモイーズは窓に駈け寄ってジョゼフに尋ねた。ジョゼフは息を切らしていた。一刻を争っている様子だった。

「父さんが、ここを出ていくって言ってる。ここは、危ないって。襲われるのは時間の問題だって。モイーズ。わかるか？　コモナ・ムアンザさんも留守なんだろう。モイーズだけじゃ危ない。一緒に逃げないか」

ジョゼフは、そう早口で言った。だが、そういうわけにはいかない、とモイーズは思う。ママに頼まれた。動物たちを守ってと。

「ここにいる。ママと約束した」とだけ答えた。ジョゼフは激しく首を横に振った。

「ルムンバさんは、もうここへは来ないってさ。昨日、ルムンバさんの集落に戦費提供要求が〝アフリカ聖解放軍〟からあったから、避難するって。ギゼンガさんの家で、ギゼンガさんの死体が見つかったって、奥さんの死体もあったんだって。だから、うちの父さんもパニックになったんだよ」

　モイーズは、疑問を口にしていた。

「ビウェンは、どうだったの」

　ジョゼフは何か言いかけた口を閉じた。ビウェンは、ギゼンガさんの息子になる。それにはジョゼフは答えてくれなかった。

「何かあったら、逃げるんだ。見つからないように隠れるんだ。でないと、ゴリラたちみたいなことになるから」

　それは、一ヵ月前の〝北ツォボ防衛隊〟の連中のことを言っているのだ。そのとき、ならずもの集団のような〝北ツォボ防衛隊〟の連中は保護区を襲ったのだ。ゴリラを海外の業者に売りとばして軍資金を手に入れようと考えたらしい。ただ、単細胞の連中で、ゴリラは簡単に運び出せると考えて保護区を襲った。飼育員たちは、安全な場所まで避難して無事だった。そして、ゴリラの抵抗にあった北ツォボ防衛隊の連中は、自暴自棄ですべてのゴリラを射殺して逃走することになった。そんなふうに軍隊を名乗る狂気の集団が銃器を持って徘徊している。相手になるより、隠れるのが正解だろう。

「父さんが、コモナ・ムアンザさんにも報告してる。コモナ・ムアンザさんに保護区に来ちゃいけないと言ったけれどコモナ・ムアンザさんは心配だから、帰ると言ってたそうだ。モイーズのことが心配なんだ。だから生き延びろ。隠れろ。いいな。約束だぞ」

「わかった。生き延びる」

モイーズは、そう答えた。窓からジョゼフは手を伸ばしてモイーズの手を握った。モイーズもジョゼフの手を握り返した。

「やっぱり、言っておくよ」ジョゼフが言う。

「何を?」

「ビウェンのことさ」

モイーズは、ジョゼフがビウェンについてはっきり言わなかったことが気になっていた。

「どうしたの?」

モイーズは、よくジョゼフやビウェンと一緒に遊んでいた。ビウェンもジョゼフと同い歳くらいの筈だ。だが、最近はビウェンの姿を見ていなかった。ビウェンは下の集落の子供だった。

「ビウェンは一ヵ月程前に〝アフリカ聖解放軍〟が集落に来たときに無理に連れていかれたんだそうだ。他の子供たちと同様に。そして、この間、集落に〝アフリカ聖解放軍〟が来たときに、ビウェンの姿もその中にいたってルムンバさんが言ってた。子供のくせに機銃を持っていたんだそうだ。目が違っていた、とルムンバさんは言っていた。泣き虫のビウェンが〝アフリカ聖解放軍〟が戦費提供を要求している間、別人のように集落の人々に機銃を向け続けていたんだってさ」

ジョゼフがビウェンのことを話したがらない理由がそれだったのか？　モイーズは信じられなかった。ビウェンはやさしい子だったと思う。絶対に暴力をふるったりはしない。そんなに変わったりしたのだろうか？

「ルムンバさんが言っていた。ギゼンガさんが殺される前に〝アフリカ聖解放軍〟の連中と一緒にビウェンもギゼンガさんの所へ行ったそうだ。ひょっとしたら、ビウェンにギゼンガさんを射殺させたのかもしれないって」

「どうして、そんな残酷なこと」

「ビウェンが本当の聖戦士になれたかどうか、テストしたのかもしれないって」

モイーズは信じられなかった。あんなやさしい子が人を殺したりできる筈がない。ましてや、自分の親を……。

「どうしてビウェンの心を変えることができるの？」

「〝アフリカ聖解放軍〟には一部隊に一人ずつ呪術師（じゅじゅつし）がついているって聞いたよ。呪術師にできないことはないって。敵に呪(まじな)いをかけて力を弱くしたり、人の心も操れるってさ。だから、ビウェンの心もおかしくされたんだと思う」

ジョゼフは、黙りこくったモイーズの手をそっと離した。

「約束だよ。モイーズ。必ず生き延びて」

「ジョゼフも生きてて」

「ありがとう。モイーズは少し人と違うんだから、大丈夫な気がするけれど気をつけて。それから父さんも言っていた。このあたりが落ち着いて〝アフリカ聖解放軍〟が移動したら、父さんと、またここに戻って来るよ。だから元気で」

「わかった。動物たちを守っている」

モイーズがそう答えると、ジョゼフは眉をひそめ、申し訳なさそうな表情を浮かべた。

「いいかい。モイーズ。よく聞いてくれ。父さんは、飼育係としてチンパンジーたちの世話をしていた。それで、チンパンジーたちは父さんがすべて逃がしたんだ」

ジョゼフの言葉がモイーズには信じられなかった。ママがどれほど動物たちのことを大事に考えているか、ジョゼフは知っている筈だ。モイーズは当然知っている。チンパンジーの飼育担当であるジョゼフの父親であるカバンゲさんが一番知っていることだ。なのに何故(なぜ)？　モイーズは全身が凍(こお)りついてしまった。

「父さんが判断したんだ。チンパンジーたちは、もともとこのあたりの森に住んでいた連中だからって。だから、野生の暮らしにすぐ戻れる。何をしでかすかわからない武装集団の前に残すよりは、よほど安全だって。危険が去ったら父さんはここに戻ってくる。ぼくも戻ってくる。チンパンジーたちも、そのときは安心して父さんのところへ戻ってくる。そう父さんが言っていた」

本当だろうか？　とモイーズは思う。ジョゼフの父が帰ってきたらチンパンジーたちは、「保護区」に戻ってきてくれるのだろうか？　しかし、ゴリラたちが犠牲になった経緯も、モイーズは知っている。このままチンパンジーを残していればゴリラと同じ運命をたどる可能性も充分に考えられる。であれば、ジョゼフの父がそのような結論に至ったのはけっして責められることではない。

「父さんはチンパンジーたちのことを思って逃がしたんだ」

「わかるよ」

「ボノボはそのままだ。父さんは、ボノボたちはどうすればいいのかわからないと言っていた。皆、ここで生まれたから、野生を知らないからって」

「わかった」

モイーズが答えると、ジョゼフは窓から離れ、手を振った。それから彼は木蔭に姿を消した。ジョゼフが走り去る足音が遠ざかっていった。

これで、一人になってしまった。誰もいない。そう思うとモイーズは全身から力が脱けていくのを感じていた。

モイーズは、ママと約束した。保護区の動物たちを守ると。しかし、これから、自分だけで、どうやっていけばいいのだろう。

守っていくとは自分に誓ったが、具体的にはどのようにして守るということ迄は考えていなかった。そして、現にジョゼフの父はチンパンジーをすべて森に逃がしてしまっている。

今、この保護区で残っているのは、ボノボが五頭だけということになる。

ボノボは外見上はチンパンジーとよく似ている。チンパンジーにしては小さいなと思えるくらいのサイズだ。だが、DNA配列からすれば、すべての動物の中で一番人間に近い。行動もそうだ。チンパンジーは二足歩行しないが、ボノボはより人に近い二足歩行をする。チンパンジーは同族間で争うことは珍しくないし、雑婚だ。パニックに陥れば母親が自分の子でも殺してしまう。ボノボは同族間で争うことは基本的にしないし、一夫一妻制だ。そしてボノボは人間の言語も正確に理解する。けれど人間はボノボと一番近い霊長類であるとは、言いきれない気もする。凶暴性、残酷性、同族間の殺し合い。倫理感のいい加減さから見るとチンパンジーに近い獣性の持ち主が人間のようでもある。

そして、ママからボノボのことを聞いていた。ボノボほど神経質な霊長類はいないというのだ。環境の変化に脅え、チンパンジーなどの異種霊長類が近付けば、これにも脅える。見知らぬ人間に対しても同様だ。しかも、そのストレスがすぐに身体に表れる。下痢を起こす。脱毛症状を起こす。それだけボノボが繊細だということだ。ましてや、今いる五頭のボノボは、すべてこの保護区で生まれた。だから、野生に戻して順応させるなど、もっての外なのだ。逆に言えば、モイーズはチンパンジーのことは何も考える必要がなくなった。五頭のボノボを守ることだけに集中すればいい。ボノボとチンパンジーを一緒に守らなければならないとすれば、それは不可能だということにも気がついていた。

ママはいつ帰ってくるのだろうか？　どのくらい動物たちを守っていればいいのだろうか。

どう行動すべきか、モイーズは迷い続ける。

モイーズは靴を履くと、帽子をかぶって、外へ出てみた。ママは外に出るときは必ず帽子をかぶるようにと言う。ママの言いつけは守らなければ。熱中症にかからないように。

ジョゼフの言ったとおりだった。保護区全体が鎮まりかえっていた。人の気配はまったくない。不安が込み上げてくる。

いつもならジョゼフの家の方からは、音楽が聞こえてくる筈だが、それも聞こえてはこない。一番近くのチンパンジーの檻を見る。檻の扉は開け放たれたままになっていた。当然、中にはチンパンジーの姿はない。ジョゼフが言ったとおり彼の父親が、自分の飼育担当であるチンパンジーを逃がしてしまったからだ。続くいくつもの檻は、ことごとく空だ。モイーズは、チンパンジーたちが、檻を解放されたからとはいえ、これほど完璧に保護区を捨てて去ってしまうのか、と少し淋しい気にさせられた。保護区に残ろうと考える者はいなかったのだろうか。

繁みから鳴き声が発せられるのを聞いた。モイーズは、あわてて鳴き声の主を探して視線をさまよわせた。

成獣のチンパンジーがモイーズを見ていた。名前が一頭ずつある筈だが、そのチンパンジーの名を知らなかった。チンパンジーの数が多いことと、普段、世話はジョゼフの父たちがやっているから縁がないのだ。モイーズが世話をするのは五頭のボノボが主だった。

名前はわからなかったが、モイーズはそのチンパンジーに呼びかけた。

「おいで。まだ、ここは大丈夫だよ」

チンパンジーは、モイーズの言葉がわからなかったらしく、歯を剝き出して警戒する。モイーズが両手を広げて「ほら、ぼくのこと知っているだろう」と言うと、繁みから跳ねるように飛び出して樹上に去る。そして、素早くその姿を消してしまった。

きっと、保護区の様子を見にきたのかもしれないな、と思った。それよりも、そのチンパンジーがモイーズのことを保護区の者だと認めてくれなかったのか、と思えて悲しい気持ちになったのだ。しかし、仕方ないことではないか。そのチンパンジーがモイーズを頼ったところで、モイーズが守りきれるかどうか保証の限りではないのだから。モイーズにもチンパンジーが何を言いたいのか理解はできないのだし。それだけでも、チンパンジーとボノボにこれほどの違いがあるとわかる。

ボノボたちはどうしているだろう、とモイーズは思う。急に気になりボノボの檻に走る。

ボノボの檻は、チンパンジーの檻から離れた住宅の裏の斜面にある。金網で天も覆われている檻は小さめだが、アフリカ黒檀の樹がまるまる一本納まっている。ウェンゲという樹だ。

「みんな、いるか?」

モイーズが呼ぶ。それまで、無音だったのに、がさがさと音がして三頭のボノボが姿を現した。夫婦のボノボのアーとジー、それに二頭の子になるジョーだ。ウェンゲの木蔭が室内への入口になっている。その扉の蔭に三頭は隠れていたのだ。アーは何歳なのだろう。モイーズがものごころつく頃から、保護区にいる。だからアーもモイーズのことをよく知っている。ジーは別のボノボのカップルの子だが両親の死でアーの檻に移った。それから、アーとジーは夫婦になった。そして、ジーの首に背中から両手でしっかり摑まっているのが二頭の子だ。もう二歳になるのだがいつも両親に甘えている。ジョーは用心深いが、モイーズにはよくなついていた。

三頭が隠れていたのは、保護区に異変が起こりつつあることに気がついているということだろう。飼育員のギゼンガさんの姿もまったく見えないし、あたりの気配も消えてしまっている。本能的に正体不明の危機を察知してどれほどの効果があるかわからないが、安全が確保される迄、扉の蔭に身を潜めていたということだ。ジョーも親たちの考えがわかるのか、鳴き声一つもたてないでいた。

三頭は檻の外に立つモイーズの側に近付いてきた。と同時にジーが振り返って甲高く短い声を一つあげた。それが合図になったのか、ウェンゲの樹の上から素早い動きで下ってくるものが見えた。

アーの二頭の妹たちだ。二頭ともモイーズのことは幼い頃からよく知っている。このように隠れていたりすることはないから、アーの言いつけで樹上に身を隠していたのだろう。アーは妻子と二頭の妹を守ろうという責任感で二頭の妹にそう言いつけていたのだ、と思う。身体が大きい方が姉でルーシーだ。妹の方がサマンサと名付けられていた。ルーシーは、モイーズが来たことに喜び両手を差し出した。モイーズが右手を檻に入れてやると、両手で右手を握り何度も大きく嬉しそうに振る。ルーシーは昔からモイーズのことが大好きなのだ。

それは、モイーズの能力にもよるのだろうかと思える。モイーズが人の言葉でボノボたちに話すと、モイーズが何を言っているのかボノボたちは正確に理解するのだ。それはボノボが人の言葉を理解するということかもしれないが、特にモイーズの言葉を正確に理解する。そして、ボノボたちはもちろん人の言葉は話せない。しかし、モイーズには不思議なことにボノボたちが唸るように発する声にも彼らが何を言っているかがわかるのだ。

「みんな、危ないことがわかったから隠れていたんだね。でも、もう大丈夫だ。ママが帰ってくるらしい」

無事に帰ってくるかどうかわからないが、ママが無事に帰ってくることがモイーズが一番望んでいることだ。ボノボたちは嬉しそうに唸った。ボノボたちはママが帰ってくることを喜んでいる。

アーが短く叫んだ。

「ママはいつ帰る？　すぐ？」と叫んだことがモイーズにはわかる。だが、正直、その質問にモイーズは答えようがない。「とにかく、それ迄は、皆で無事にいることだ」とだけ言った。ボノボたちは、そのとおりだ、と言うように肩を揺すってみせた。

モイーズは、このボノボたちに信頼されていると実感していた。この五頭を守ることは自分にしかできない。

「皆、ぼくと一緒にいよう」

ママが帰るまで、アーたちについていてやることだ。息をひそめ、ジョゼフが言ったように皆で隠れていよう。

檻の鍵は、ママの部屋にあるのを持ってきた。モイーズは、檻を開くと、ボノボたちに手招きをした。

「さあ、皆、出てくるんだ。ぼくと一緒に隠れよう」

アーがモイーズのところへ歩いてくる。途中、一度、足を止め皆を見回した。それで、皆も恐る恐るだが、モイーズのところへ集まってきた。ルーシーが抜け目なくモイーズの手を握ってきた。短く何度かルーシーが息を吐くように小声で吠える。

嬉しい。モイーズといつも一緒にいられる。そうルーシーが伝えたいのだと、わかる。ルーシーはそれからモイーズの手に頬を何度もこすりつけた。それほど慕っているのだ。幼いジョーも、ジーの首を離れてモイーズに抱かれたいというように両手を伸ばしてきた。

「ごめん。まず、皆で安全なところへ逃げよう」とボノボたちに伝える。どのくらいで、ママが帰ってくるのかわからないし、〝アフリカ聖解放軍〟がいつ襲ってくるのかもわからない。モイーズは、ママが襲撃された事実も知らないのだ。

とりあえず、モイーズはボノボたちを、ママとモイーズが暮らす生活棟に匿うことにした。それが最善だと思ったのだ。ママが帰り着いたときにモイーズの所在がわからなくてはいけないし危険が迫ったときどちらの方向へも脱出しやすいと思えたからだ。それが最善の選択かどうかはわからないが。

なぜ、そんな武装集団が集落を襲うのか、保護区まで襲わなければならないのか、モイーズに理由がわかる筈もなかった。しかし、約束は果たさなければならない。大好きなママとの約束。必ず動物たちを守るという約束。今、残っているのは五頭のボノボだけだが。

そのボノボたちを連れて、生活棟のドアを開けようとしたときだった。

内部に誰かがいる。モイーズの全身を緊張が走った。

ボノボたちを自分の背後に隠し、モイーズは内部を窺った。窓の近くで誰かが動いたのがわかる。だが、敵ではないということが、モイーズにはわかった。それは本能的なものだ。

モイーズは思いきって室内に入った。というよりアーがモイーズを後ろから押した結果なのだが。

逆光の中に女が立っていた。思わずモイーズは「ママ」と発した。

ママではなかった。もっと若い女性だった。さらさらと長い黒髪の持ち主だった。

モイーズに気付き女が驚いたように立ちつくした。そのとき女の顔がはっきり見えた。

ママと違って肌の色が白い。しかし、とてもきれいな人だった。ママのお客さんだろうか、と思う。モイーズは、帽子を脱いで女の人に見とれてしまった。この素敵な女の人は誰だろう。

「あなたがモイーズね。コモナさんから聞いたわ」と女は言った。

「ママの友だちですか?」

やはりママの知り合いだったのだ、とモイーズは胸を撫で下ろした。

「ママ……そう呼んでいるの? コモナさんには昔、助けられたわ。コモナさんに頼まれたの。あなたのこと」

ママは帰ってこられなくなったんだろうか?

「私と一緒に行きましょう」と女は言う。

「ぼくは、ここを離れられません。ママと約束したんです、このボノボたちを守るって。チンパンジーも守るって約束だったけれど、カバンゲさんが逃がしてしまった。チンパンジーたちは、それで安全だけれど、ボノボたちは、そういうわけにはいかない。暮らしているところ、簡単に変えられない。すぐ病気になるから。だから、ぼくがボノボたちを守らなきゃならない」

女は、困ったように頭を振る。

「この保護区は、今、銃やロケット弾を持った人たちに狙われているわ。下の集落も先に襲われた。私は戦闘服の人たちの目を盗んで先を越した。やっとここ迄たどり着いた。逃げなければ攻撃を受けるわ」

「何故、保護区が攻撃を受けるんですか？　ボノボやチンパンジーがどんな悪いことをやったんですか？」

「理由なんてないの。ここが政府の施設だと考えているからじゃないのかしら。下の集落から思うような戦費提供を受けられなかったから、集団のリーダーが無茶苦茶な判断をして攻撃させるということよね」

周囲の状況を淡々と説明する女性をモイーズは心底、すごい人だと思った。

「あなたは……何と呼べばいいんですか？」モイーズはそう尋ねた。女は、それが癖であるかのように、口をつぐみ長い髪を大きくはらう。それから「名前……とりあえずエマノン。そう呼んで」

「わかりました。エマノン」

それが本当の名前ではない気がしたが、彼女にとって自分の名前などどうでもいいことなのではないかと思える。そうであれば、エマノンでいいではないか。そうモイーズは思った。

そのとき、外で自動車の音がした。本来ならば、保護区の檻の近くに自動車を乗り入れたりはしないのだが。その音に幼いボノボのジョーが脅えた声を発した。

あわてて、モイーズとエマノンは窓に駈け寄った。

ジョゼフの家と、チンパンジーの檻の間の空地に黒色の中型トラックが駐まっていた。どのような使い方をしているのかはわからないが、車体は薄汚れて何ヵ所もひしゃげていた。そのトラックの荷台から数人の緑の迷彩戦闘服を着た男たちが降りてきた。ほとんどが子供だったが、二人に一人は機銃を持たされていた。そして、何かを叫んで指示しているのが、彼等のリーダーのようだった。その中の戦闘服を着た小柄な一人にモイーズは見覚えがあった。

ビウェンだ。ジョゼフが話していた武装集団に連れ去られたという少年だ。保護区ではモイーズはビウェンやジョゼフと楽しく遊んでいたというのに。かつての遊び友だちのビウェンとは見かけも雰囲気もまるで別人だ。それどころか、目の光までも違う。一緒に遊んでいたビウェンは、憶病ですぐに泣きべそをかいてしまう子供だった。

しかし、今のビウェンは機銃をかまえ、いつでも敵を掃射できるように引金に指をあてている。ビウェンが自分の家族をも殺したのかもしれないとジョゼフが話していたのも、あながち嘘ではないのかもしれないな、とモイーズは思ってしまう。

「知ってる人がいるの？」とエマノンが尋ねた。

「あの子だよ。ビウェンだ。けんかもしない子だったのに」

チンパンジーの檻のいくつかで炎が上がった。砲弾を撃ちこむのは、もったいないと判断したのだろう。施設を燃やすだけで満足している様子だった。

ジョゼフの住まいであるカバンゲさんの家の方で機銃の音が響いた。カバンゲさんの家には、もう誰もいない筈なのだが。

階段を下りてくる音がする。アーだった。アーは、二階から様子を見ていたのだ。

「どうしたの？　アー」

モイーズが尋ねると、アーは、低い声でモイーズに伝えた。モイーズはうなずく。

「カバンゲさんの家に残っていたチンパンジーたちを狙ったって。そしてカバンゲさんの家を燃やしたって」とエマノンに伝える。

「モイーズは、アーの言葉がわかるのね」

「アーだけじゃないよ。皆、言葉わかるよ」

ルーシーが、そのときモイーズに駈け寄ってきて鳴き声をあげた。

「ビウェンが？」

モイーズは、あわてて窓の外を見た。エマノンにも、生活棟に少年が機銃を持って近付いてくるのが見えた。エマノンが小声で「隠れて」と言う。ボノボたちが家具の背後に身をひそめた。ルーシーだけがモイーズと離れたくないというようにモイーズの足に寄り添っていた。しかもモイーズは部屋の中央に残っていた。

「モイーズ！　隠れて」とエマノンはもう一度警告した。だが、モイーズは動かなかった。

「大丈夫だと思う」とモイーズは答えた。

戦闘服のビウェンが生活棟のドアを開いてゆっくりと室内へと入ってきた。いつでも発射できるように機銃をかまえて。

ビウェンは、一人だった。

「ビウェン！」とモイーズが言った。

ビウェンは、自分の名を呼ばれてその場に立ち尽くし、「モイーズ。何故、逃げていてくれなかったんだ」と銃口を下げた。

「ビウェンは、人を射ったりしないとわかっているから」とモイーズは言った。

「ぼくは、誰も射ったりできないさ。でも、ここで動くものを見つけたら、すべて射殺しろと命令が出ている」

「でもビウェンは射たなかった。ぼくと前に遊んだときのビウェンのままだと、ぼくにはわかったよ。目の光を見てもわかる。誰も傷つけたくない目をしていたから」

モイーズは、ビウェンが遊び友だちのままだと信じていたのだ。だから隠れなかった。

「皆、いいよ。ビウェンは前のままのビウェンだ。出てきていいから」

ルーシーがおずおずとモイーズの後ろから姿を見せた。ビウェンは、ルーシーに手をひらひらさせる。それが合図になったように他のボノボたちも姿を出してきた。

「見なおしたわ。モイーズは本当に人を見る目があるのね」

モイーズは照れながら肩をすくめてみせた。ビウェンは、エマノンに驚き、銃口を向けかけたが、「この人はいい人だから」とモイーズが言うと、あわてて銃を下げた。

「モイーズは、誰も憎まないんですよ。だからぼくもモイーズのことを信じるんです。ジョゼフもモイーズのことが好きだし、モイーズは生まれつき争うことをしないんです。だからぼくもモイーズのことを好きなんです。モイーズが、この人はいい人だからって言うなら、ほんとにいい人だって思います」

そうビウェンは言った。

「ビウェンは銃なんか持っていない方がいいよね」モイーズは、そう指摘した。

「ぼくも銃を持つのは嫌いだよ。でも、銃を持たないと、隊の人たちに殴り続けられるんだ。戦士になったら親だって殺せと言われたけど、ぼくは引金を引かなかった。だから、隊の人たちが父さんたちを殺したんだ。本当は、あの隊の人たちと一緒にいたくない。でも、殴られたくないから」

「やはり、ビウェンは誰も殺していないんだ。ぼくもそうだと信じていたよ」

心底嬉しそうにモイーズは言った。

「だけど、隊長は、この保護区をすべて灼きつくすつもりだ。だから、どこかに逃げた方がいい。ぼくが偵察し終わったら、すぐに火を放つと思うよ。政府の施設はすべて破壊すると言っているから」

エマノンは外を見たが、すでに外へ逃げ出すことは無理のようだ。迷彩戦闘服の兵士たちが、十人ほどもあたりを徘徊しているのだ。

そのときだった。下方からハンドスピーカーの音があった。外の兵士たちとは別の集団のようだ。音が割れていて何と言っているのか、はっきりとは聞きとれない。

音がやんだと同時だった。もの哀しい連続音の後に、激しい震動が床を揺らし、爆発音が響いた。ビウェンたちが荷台に乗って空地までやってきた中型トラックが炎を上げていた。機銃を掃射する乾いた連続音が方々から響いていた。生活棟の周囲を徘徊していた武装集団の姿が見えない。

いや、モイーズは見た。兵士たちは、生活棟に背を向け、狙いもよく定めずに機銃を射っている。そして彼方からも、生活棟方向へと攻撃が行われている。兵士が潜む樹蔭の横の地面を弾丸による土煙が舞うのが見えた。

「何があったの？　どうなってるの？」

モイーズは戸惑った声を出した。

「戦闘が始まった」とビウェンが情けない声を出した。「きっと、政府軍だと思う。ぼくたちの隊も政府軍に寸断されて逃げまわっていたところなんだ。追ってきたんだと思う」

エマノンは頭を振った。半ば呆れていたのだ。ここでは、いくつもの力が競いあい、闘いあい、奪いあい、殺しあっている。同じ人間同士。人類が発生したこの大陸の上で。

人類は発生したときから、このような人類同士の殺しあいを続けていたのか？　それが人類の本質なのか？

五頭のボノボたちは恐怖で身体を寄せあっていた。ボノボたちの方がましだ。ボノボ同士で殺しあうことはない。奪いあうこともない。なのに人類は。その残酷さは、進化とも知能とも無関係にその特性の一つとして持ち続けている。

エマノンは、ビウェンに尋ねた。

「まだ、戦士でいたいの？」

ビウェンは大きく首を横に振った。心底、厭だというように。「誰も傷つけたくない」

「じゃあ、戦闘服を脱いで。私たちと逃げましょう。今なら、うまくいけば、ここから逃げ出せるから」

そう、エマノンに言われたビウェンは、我にかえったように頷いていた。それから、バンダナをはずし、腰のベルトをとって上下のだぶだぶの戦闘服を脱ぐと痩せたビウェンの身体が現れた。

「うまく逃げおおせたら、いいわね」

そうエマノンに声をかけられて嬉しそうにビウェンは、モイーズを見た。

「でも、隊長に見つかったら敵前逃亡で処刑されるんだよ」と少し心配そうにビウェンは眉をひそめた。

「拉致されて自由を奪われている兵士なんてないわよ。捕まらなければいいのよ」

そうエマノンが言ったときに、生活棟の壁に銃弾が当たる音が連続して響いた。モイーズが外を見ると、ビウェンと同じ戦闘服の少年兵が、倒れていた。まだ息があるのか、倒れたまま身をよじらせていた。

他の戦闘服の数人が生活棟隣のボノボの檻の方向に転がるように後退していく。

追い詰めている集団の方が装備も兵の数も勝っているようだった。

ルーシーが、モイーズに駈け寄ってきて訴えた。モイーズはそれを聞いてエマノンに告げる。

「ボノボの檻の向こうから生活棟にロケット弾を撃ち込むつもりだって。ルーシーが教えてくれた」

聖解放軍は、生活棟を破壊して、その騒ぎの間に逃亡するつもりのようだ。

「今のうちに、ここを逃げ出した方がいい。ボノボたちも一緒に」

二つの集団の戦闘の中間から逃げるということは、銃弾の中を当たらぬように移動しろということなのだ。しかも、ボノボたちを守って。

「今は駄目だ。自殺行為だ」とビウェンは首を横に振る。モイーズはエマノンに言う。

「エマノンさん。ボノボたちを連れて行って。繁みに入って、窪みに隠れて。ビウェンが知っているから。どう隠れればいいか」

エマノンはモイーズの手を握った。「モイーズも一緒よ。私はモイーズを守ると約束したのよ。コモナさんと。だから、モイーズも私と一緒に逃げて」

モイーズはエマノンの手をほどいた。

「皆、一緒なんて、この状況では逃げられない。それに、ぼくもママに頼まれたんだ。必ずチンパンジーやボノボたちを守って、って。ぼくにしかできないことだからって。だからぼくこそ、ボノボを守る役を果たすんだ」

「コモナさんは喜ばないわ。もしものことがモイーズにあったらどんなにコモナさんは悲しむことか」

「ぼくは、大丈夫だ。安心して」とモイーズは断言した。エマノンは迷った。実はコモナが不幸な最期だったことを、まだ話していないのだ。モイーズに。話しておくべきなのだろうか？　今のうちに。

「じゃあ、どうするつもりなの？」とエマノンが問いかけた。今、コモナのことを話せばモイーズの判断も狂ってしまうかもしれない。

「ぼくに考えがあるんだ」とモイーズが言う。

　機銃音が外でいっそう激しく鳴り響く。壁の外に弾丸が当たる音が室内に響く。壁は予想外に厚いようだ。貫通するには至っていない。

　モイーズは続けた。

「どうしてママが、ぼくにしか皆を守れないと言ったか、わかる？　ぼくは、皆から好かれるんだ。だからぼくの姿を見ても射ってきたりしない。だからぼくを兵士にしようとして誘拐したりしない。それをママはわかったんだ。だから、ぼくのことは心配しないで。

ぼくは大丈夫。ぼくは安全。注意をぼくに引きつけておくから、その間に隠れて」

「そんなの無茶だわ。コモナさんは許す筈がないわ」とエマノンは言う。

「この人の言うとおりだ。〝アフリカ聖解放軍〟の人たちは皆、頭がおかしくなっている。好きだから攻撃しないなんてことないぞ」ビウェンも首を横に振る。ルーシーとサマンサがモイーズに抱きついてきた。心配しているのだ。

「エマノンさん。お願いです。この子たちをお願い。エマノンさんはママに似てるし、素敵だからボノボたちはエマノンさんに従うと思う。だから、隠れて。ぼくは、あの天窓から」

モイーズは頭上の三メートルほど上の明かりとりの天窓を指差し、次の瞬間に大きく跳躍すると、引き手にぶら下がった。そんな跳躍はエマノンにもできない。

「さあ、ぼくが注意を引きつけるから。今のうちに生活棟を出て」

モイーズは引き手を引いて窓を開き、屋根の上に出ていった。エマノンとビウェンはモイーズの姿が消えた天窓を見上げた。エマノンの腕を誰かが握る。見ると不安そうに二頭のボノボが彼女の横にいた。エマノンは我にかえった。そうだ、こうしている暇はない。モイーズの勇気を無駄にしてしまう。

姿は見えない。だが天井の上からモイーズのくぐもったような特徴のある声が聞こえてきた。

「みんなー。ぼくが見えますか？　銃の射ちあい。やめて下さい。殺しあったりしないで下さい」

すると奇跡が起こった。壁に当たる銃弾の音が奇跡的に止んだ。攻撃が中断したのだ。

「さぁ、ボノボたちを連れて、一緒に繁みまで走るわ」とエマノンが言うと、ビウェンは
「あの繁みの下は溝になっているから弾丸を避けられます」

エマノンは仔ボノボを抱え、もう一頭の手を引く。ビウェンもボノボの手を握っていた。

「ありがとう。攻撃をやめてくれて、ありがとう。それが一番いいこと。皆が幸せなこと」

頭上ではモイーズがそう叫び続けていた。ビウェンが「モイーズはどうかしているよ」と呆れ声をあげた。しかし、事実、銃声は止んでいる。これは、ある種の奇跡かもしれない、とエマノンは思う。モイーズの言うことを信じていいのかもしれない、と。

ドアを開いた。少年兵が一人、ぽかんと口を開いて頭上を見上げているのが見えた。

「走るわ」

エマノンは生活棟を飛び出した。ほぼ同時にビウェンとボノボたちも続いた。ボノボたちも自分がどのような立場にあるかを理解したようだ。素直にエマノンと行動を共にして

いた。

　繁みの下は窪みになっていた。窪みから天然の溝が出来ていた。雨水の流れで地面がえぐれているのだ。エマノンが飛びこむ。ボノボたち。そしてビウェンが続いた。あとは、モイーズが逃げてくれればいい。

　その位置からだと、屋根の上ではしゃいで跳びはねるモイーズの姿がはっきりと見えた。

「ありがとう。みんな。戦うなんて馬鹿らしいよ。みんな仲良く暮らせばいい」

　エマノンたちを無事に逃がした喜びがあったからだろう。それだけモイーズがはしゃぐというのは。ボノボたちも守ることができた。

　ママとの約束を果たせた喜び。

　銃撃も止んでいる。

　屋根の上でモイーズが大きく伸びをして見せたときだった。

　それまでの静寂を破り、銃声が響いた。

　モイーズが、うずくまるように倒れこむ。そして二回転して屋根から地面に放り出されるように落下した。

　エマノンは息を呑んだ。ビウェンが涙声で絶叫してモイーズの名を呼んだ。

　ルーシーが、その意味がわかって飛び出そうとする。それをエマノンが必死で制止した。

生活棟が、爆発したのはその直後だった。

聖解放軍がロケット弾を撃ち込んだからだ。

それがきっかけとなって、耳を覆わんばかりの銃撃戦が再開した。いくつもの落雷を続けざまに体験するような忌しい音だった。生活棟が炎を上げて燃えさかっている。銃声は移動するのがわかる。でかい豆が炙られて続けざまにはじけるようだった。だが、銃撃は数秒後には嘘のように止んでいた。

最初の武装集団がいずこかへ逃走したようだ。後で現れた兵士たちが、保護区の奥へと進撃していく後ろ姿が見えたからだ。煙をくすぶらせる生活棟の残骸のまわりにはビウェンと同じ戦闘服の兵士の遺体が重なり合うようにあった。

その向こうにモイーズが倒れていた。

エマノンもビウェンも、そしてルーシーや他のボノボたちも、横たわるモイーズのところへ急いだ。

モイーズのおかげだ。でなければ一瞬の差で生活棟の全員がロケット弾で火だるまになっていた筈だ。

エマノンがモイーズの身体を抱きかかえた。モイーズがくぐもった声を上げる。まだ、息があった。ビウェンは大声で泣いていた。

「皆、……皆、助かったよね。ぼく、助けたよね。ママとの約束を守ったよね。皆を守ったよね」

エマノンは、褐色の毛で覆われたモイーズの腕をさすった。

「そう。立派だったわ。モイーズのおかげで皆が助かったのよ。勇気ある行動だったわ。きっとママも喜ぶと思う。そしてモイーズのことを誇りに思うにちがいない」

ルーシーが鳴き声をあげて、モイーズにしがみついた。ルーシーにもモイーズが大変な状態にあるとわかるらしい。

もちろん、モイーズはコモナ・ムアンザの子ではない。コモナのいまわの際（きわ）にエマノンはモイーズのことを頼まれた。モイーズのことが気になる、と。

モイーズは赤ん坊の頃に森で見つかった子なのだ。人とも違う。チンパンジーやボノボとも異なる。知能を持つ猿から人への失われた進化の鎖（ミッシングリンク）の存在ではないのか、と。すでに滅びてしまった絶滅類人猿（るいじんえん）、ギガントピテクスの最後の一人ではないのか、と。

そんなモイーズは保護区に委（ゆだ）ねられ、コモナ・ムアンザが彼の母親代わりに育ててきたのだ。だから、モイーズはコモナをママと呼ぶ。

コモナもエマノンにだからこそ託したのだ。モイーズを頼むと。エマノンはモイーズを旅に連れていくつもりでいた。モイーズは一人では生きていくことが難しいから。

何故って。

ギガントピテクスが絶滅した原因をエマノンもよく知っていたから。

チンパンジーは同族間で殺しあう習性がある。ところが近縁種であるボノボにはない。人間は、人間同士で争い殺しあうことができる。いや、どこまで文明が進歩してもその本質は変化しない。チンパンジーのように。

だが、ギガントピテクスは違った。ギガントピテクスは争わなかった。いつも相手を信じていた。他者のためになることならと、誰をも信じていた。その結果……。

ギガントピテクスは個体数を減らし続けていった。ボノボのように。そして滅びた。

最後の一人だったモイーズも、やはりギガントピテクスらしい行動をとったのだ。それが彼モイーズにとって〝ママとの約束〟だったにしても。

「エマノン。ママに会いたい」とモイーズは言った。まだエマノンはコモナの死をモイーズには伝えていなかったのだ。

「きっと会えるわ」そうエマノンが答えると、モイーズはゆっくりと目を閉じた。笑みを浮かべながら。満足そうに。

知能の高い猿は、人間同様に笑うのだという。だが、そのときのモイーズの笑みは人間以上に幸福感に溢（あふ）れているように見えた。

けやけしドリームタイム

見覚えのない女性だった。

多分、裕介は一度も会ったことがない筈の女性だった。

朝から、その女性のことが頭から離れないでいる。

クセのない、さらさらとした長い黒髪だった。白っぽいセーターを身につけている。細いジーンズであるがために彼女の足の長さが強調されるようだ。

そして、涼しげな眼差しと彫りの深い顔立ちは、まるで美術の教科書のどこかに載っていたかのような気もする。しかし、思い出せない。

現実に会った女性ではない。

昨夜の裕介の夢の中に出てきた女性だ。

目が覚めたときから、ずっと彼女のおもかげが脳裏から離れない。

「どうした？　今朝は、何だかいつもと違うけれど、何かあったのか？」

心配そうに父親が裕介に尋ねた。

「いや」

素っ気なく答えて裕介は立ち上がる。

「なんか心配ごとあるんじゃないか？　相談ならいつでも乗るから」

父親は、小さいながらも商事会社の常務をしている。父一人子一人の家庭だが、帰宅は不規則だ。だから親子が確実に顔を合わせて言葉を交わすのは、この時間に限られる。父親なりに、この時間を大切に考えている。夜は裕介は、一人で食事をとることが多い。近所に父親の姉の一家が住んでいて夕食を届けてくれる。父親は食費を払い、その好意に甘えている。

裕介は、母親に対しての執着はない。共働きだった両親は、裕介の幼い頃に離婚している。原因が何だったのか父親は話さないし、裕介が尋ねることもない。ただ、裕介はぼんやり記憶している。マルチ商法の化粧品販売の重要なポジションにいたらしい母は、いつの間にか帰宅しないようになっていた。離婚が成立し、親権は父が持つことになった。

裕介は、両親が争う姿を不思議にもまったく見ていない。そして、母親が家を去った日から裕介に一度も会いに来ないことを当然のことのように裕介は考えるようになっていた。

他人の巣に卵を産み落としていく托卵という習性を持つ鳥がいたよな。自分の母親はそんな存在だったのかもしれない。そんなことを考えるほどだった。

だからといって裕介と父親の親子関係が濃密ということでもない。

「いや、別に心配されることはないから。行ってくる」

「ああ。行っといで」

そして、裕介は高校への道を急ぐ。

母親である筈はない、と道々思っていた。あまりに若い女性だから。自分より二つくらい歳上なのだろうか？　いや、女性は実際の年齢より上に見られることが多いと聞くから、同い歳くらいなのかもしれない。

そこで、ふっと気がつく。

夢の中の女性は、昨夜初めて出てきたのではないのではないかと。昨日の朝も目が覚める寸前に、セーターを着た長い髪の人が歩いているのを見たような気がする。ただし、その夢の女性は後ろ姿だった。髪が風でなびく様子はわかるのに、どんな顔かはわからなかった。そう言えば。

その前の日も。

遠くへ歩き去ろうとする小さな女性の姿を夢で見た。すべて繫がる。

後ろ姿だったが顔がわからなくても同一人物だとわかる。風になびく長い黒髪。ざっくりした粗編みのセーター。すんなりと伸びたジーンズ姿。そんな姿の女性は、見かけそうで、それほど多いわけではない。顔を見たわけではないから、それほど目覚めてから引きずらなかったのだろう。

だが今朝がたまで見ていた夢を、前日の夢、そして前々日の夢と関連づけて考えるものだろうか？　いつもなら目覚めて数分後には夢のことなど忘れ去ってしまっている筈なのに。だから、前日の夢や前々日の夢に同じ人物が登場したなんて、まったく信頼できない。裕介が自分で作りだした架空の記憶である可能性の方が高い。

バスを降りる前に、クラスメイトの梅野章と会った。おはよう、と挨拶を交わす。親友というわけではないが、同じクラスだから、言葉はかける。彼が趣味でマンガを描いていることは知っていた。

高校の手前のバス停で降りた。そこで梅野がスケッチブックを抱えていることに気がついた。裕介は後ろから、背中を押された。「おっす」と言ったのは、やはり級友の北原健太だった。北原は、裕介の前の席でよく話す。おたがいの家を往き来する親友だった。裕介と話しながら、北原は前方の梅野にも気がついたようだった。彼は梅野に声をかけた。

「コミック、新作できたの」と。梅野は驚いて立ち止まる。北原は駈け寄って梅野のスケッチブックを指差した。梅野は戸惑った表情を見せた。

「いや。マンガじゃないよ。急いで描いとかないと、忘れそうなんで持ってきたんだ。いつもはスケッチブックを学校に持ってきたりはしない」そう恥ずかしそうに答える。

「何を忘れると思ったの？」

「女の人だ。夢に出てきた。だから、起きてすぐ描こうとしていたんだけれど、時間足りなくて、描きかけのまま出てきた」

　女の人。夢。二つのワードに裕介はまさかと思った。すると、北原が梅野の腕にあったスケッチブックを奪いとる。北原は、勝手にそんな真似をする男でないことを知っている裕介は意外だった。しかし、予感のようなものが、胸をどきどきさせる。

「ちょっと見せろよナ！」と言いつつ、北原はスケッチブックを開き、めくっていく。いくつものスケッチ画が見えた。彩色されたものもあれば、鉛筆画のままのものもある。そして、北原の手が止まった。

「これか」と「この人だ」。そう言った。そして「まさか、梅野がこの人に会っていたなんて」

「あ、ああ」と梅野が怒りもせずに、意外そうに立ちつくしていた。北原が覗きこんでいる画は、厭でも裕介の目に飛びこんできた。

　裕介も信じられなかった。

女性像は、裕介が明け方に夢で見たその人なのだ。上半身だった。顔の輪郭もそうだし、長い髪が風になびく様子もそのままだった。

北原が画を凝視しながら呻くような声で言った。「なんで、梅野の夢の中に、この人が出てくるんだよ」

「はあ?」と梅野が眉をひそめ、何を言っているんだというように首を傾げた。

裕介も、じっくりと女性の像を凝視した。

「ぼくの夢の中に出てきた人だ。どうして、梅野くんの夢の中にも出てきたんだ?」

梅野と北原が同時に裕介を見た。

梅野が目を大きく開いていた。北原が信じられないというように言う。「二人とも、この女の人を夢で見たというのか?　そんなことありえないよ」

裕介は、梅野の描いた女性の再現度に驚いていた。

「このとおりの女性が夢に出たのか?　似てるんだろう?」と梅野に尋ねる。

「ああ。目が覚めたらすぐに描き始めた。忘れないうちに。忘れたくなかったから。すごくうまく描けたと思う。だって、記憶だけで描いてこれだけ似てるように描けたってすごいだろ。こんなにきれいな人は見たことなかったから」

思わず裕介は、頷いていた。それから、三人は顔を見合わせていることに気がついた。

三人ともが納得しかねる表情だった。

裕介の頭では、疑問符が膨張していた。夢の中に出てきた見知らぬ女性のことを目が覚めてもいつまでも憶えているというのが、裕介にとっては初めてのことだ。それだけでも不思議なことなのに、三人の級友が共通して夢の中でその女性を見ているなんて。

「放課後に、また、集まらないか?」と提案したのは北原だった。「とても、これは偶然とは思えないんだ」

もちろん、梅野と裕介も同意した。場所は梅野のマンガ研究会の部室ということになった。「そこなら、気にする奴は、誰もいないから、いいと思う。顧問に、一言伝えれば、いやだと言わない」

裕介は、梅野がマン研の部長だということは知らなかった。

その日は時間の経過が、ゆったりしているような気がしてならなかった。授業を受けていても、何も頭の中に入ってこない。裕介の心の中に去来するのは、長い髪を風になびかせて歩く若い女性の姿だった。きれいな人だ、と思う。だから心に焼きついている。表情さえも忘れられない。化粧っ気がなくて、近付くとそばかすがわかる。彫りが深い顔。夢でこんなきれいな人を見ることができたなんて。目が覚めてから不思議に思うのは、初めて会った女の人ではないような気もすることだ。なぜか、なつかしい。夢で見てふと思いだしてしまったのではないのか。しかし、いつ、どこで会ったのかは思いだせない。遠い昔に会ったのではないかという思いこみに過ぎないのではないか。

そして、何よりも、不思議なこと。夢の中で、あの女性に会ったのが自分だけではないということ。それも、同じクラスの二人も、同じ夢を見たらしいこと。梅野がマンガ研究会だからわかったことだ。夢の女性をスケッチしていたからこそ。そうでなければ、おたがいにそんな夢を見ていたことなどわからなかった筈だ。

そんなことがありえるのだろうか？　放課後にあの二人とマン研の部室で会えば、その答えは得られるのだろうか？

正解はないかもしれないと、思っていた。今の自分でさえ、疑問を認めるのが精一杯だ。答えの端緒（たんしょ）につくことさえかなわない気がする。

だが、それでもいいと裕介は思っていた。夢の中の女性だ。どんなに憧（あこが）れても手の届かないところにいる人だ。いや非実在そのものだ。そんな存在を三人であろうと共有しあえるというのは、素晴らしいと思うべきではないか？

やがて、午後の授業も終わり、裕介は教室を後にすると、一直線にマンガ研究会の部室へとむかった。部室は、校舎の隅（すみ）にあった。

ひょっとすると、廊下で待たなければならないのかなと思ったら、すでに部室は開いていた。

中には、女生徒が一人いて本を読んでいた。

「マン研の方ですか？　梅野くんと約束しているんで」

すると、女生徒は裕介を見て言った。「私はマンガ研究会じゃありません。ここは、超常現象研究会とマンガ研究会の共同部室なの。私は超常研の祝川といいます。超常研も、マン研も部員が少ないから、部室は共同になってるの。静かに邪魔にならないようにしているから、どうぞご遠慮なく」

ああ、そうなのか、と裕介は納得する。「ところで、君は？」と祝川に問われてどぎまぎする。

「はい。梅野くんと同じクラスの久屋裕介です」何故か敬語になってしまう。異性とは、ため口で話せない。

「よろしく。そちらで待っていて」と言うと、祝川は再び本を読み始めた。裕介のクラスの女生徒よりも、小難しい感じだな、と思ってしまった。短い髪で眼鏡。可愛い顔立ちなのに本を読んでいるときは、他人の介入を一切許さないというオーラを放っているようだった。超常研というと、どんな本を読むのだろうか？　UFOや超能力、あるいは心霊現象にかかわりのあるような本を読んでいるのだろうか？

あまり、自分は興味が湧きそうにない。静かに待とう。彼女は、こちらにこれ以上話しかけてこようとしないし、こちらも、話しかけるつもりもない。そのうち、梅野がやって来るだろうし。

それほど経たずに部室の入口が開いて三人の姿が見えた。梅野と北原、それから吉永だった。吉永も同じクラスなのだが、マン研ではない。何故、吉永も来たのだろう。

北原が裕介に言った。「待ったか？　吉永も見たんだってさ。ここへ来る前に教室で、梅野と話していたら吉永が、ひょっとして、と声かけてきたんだ。梅野が画を見せたら、この人だ！　夢の中で見たんだって。だから連れてきた」

吉永は優等生タイプだ。裕介はあまり話したことはない。だが嘘をつく奴ではない。真面目すぎるほどだ。

四人が部室で顔を見合わせた。吉永と北原も、祝川の存在が気になるようだ。梅野が、「あ、祝川さんなら気にしなくていいよ。この部屋の備品みたいなものだから」と言う。

すると、彼女はこちらも向かずに片手を挙げて本に目を落としたまま手をひらひらさせた。梅野にしてはいつものことなのだろう。だから祝川は空気のような存在と思っているのだ。裕介も、さっきはそう思おうとしていた。

梅野がスケッチブックを開き、黒板に立てかけた。朝見たときよりも詳細に描きこまれていた。北原が「休み時間も、こっそり手を入れていたらしい」と言った。「そのとき、ぼくも知ったんです」と吉永。

　四人は画を前にして座った。

「昨夜(ゆうべ)の夢で、彼女は初めて出てきた。一度目が覚めて、明け方またこの女の人の夢を見たんだ」と梅野が言った。裕介が、数日前から見ている気がすると夢の記憶を語った。北原は朝と同じ話だった。吉永はやはり明け方に見たと。それから、昼食の弁当をたべたあと、十数分うとうとしてしまった。そのときも一瞬の筈なのにこの女性が夢に出たという話をした。そして、目の前で描き加えられている梅野のスケッチを見て、これは夢の続きかと思ったらしい。だから、梅野に言ったのだと。何故、ぼくの夢を覗いたんだ、と。

　だから、彼も誘った、とその横で梅野が言った。

「何故、同じ夢を見たんだろう」と裕介が口を開いた。

「これだけ、皆が同じ人物の夢を見ることはありえないよ」

「ひょっとして、ぼくのスケッチを見て、三人とも夢の中に出てきたのはこの女性だと思いこんだんじゃないか？」と梅野が言った。

「そんなことはない」と吉永が言った。「夢から覚めてこの画を見たんだから、違う女性なら、すぐにわかる」

裕介の考えもそのとおりだった。画を見て自分の夢の記憶が修正されたわけではないと思う。北原も同じのようだった。

「いったい、そんなことがあるんだろうか？」

「しかも、会ったこともない女の人なんだからな」

「ああ。しかし、妙になつかしい気はするんだよな」

「ぼくもそうだ。会ったことないのに、なつかしいって、どういうことなんだろうね」

「ひょっとして、この夢の女性は実在していて、何かを知らせようとしているんじゃないか？」と北原が指摘した。裕介も、そんな気がしてならない。何か、意味があるように思えてくる。

「こんな現象は聞いたことないな。超常研はこんな話はないの？」と梅野が大声で言った。

「ジス・マンの女性版ね」と声がした。

四人が振り返る。奥にいた超常研の祝川が、本から顔を上げてこちらを見ていた。

「ジス・マンって何だよ」と梅野が問い返した。裕介も初めて聞く名前だった。

「夢の中に繰り返し現れる男の名前よ。その男のモンタージュを作ったら全世界で反応があったって。自分の夢にも、この男が出てきたと。だから、この男……ジス・マンと呼ばれるようになった。今、君たちの話を聞いていたら、似ているなぁ、と思ったわけ」

四人は顔を見合わせた。「さすが超常研だ。同じ男が夢の中に出てきたの？」と梅野。

「そう」祝川が頷く。

「こんな顔？　この女性を男にしたような」

「ちがう。もっとギョロ目で、太い眉毛がつながっている感じ。モンタージュ見ているから知っているわ」

「そのジス・マンって正体は何だったの？」

祝川は梅野に尋ねられて、肩をすくめた。

「いろんな説があるから、都市伝説化しているのよ。超能力者が夢の中に入りこんでいるという説があるし、モンタージュを見て自分も夢の中でそんな人物に会ったような気になったという説もあるわ。イタリアの広告代理店が、デマの伝播速度を調べるために流した嘘だという話もあった。本当のところは、いったい何なのかは、私もはっきり知らないわ。でも、今のあなたたちの話と共通している。現実には会ったことのない人物が、夢の中に現れて、それが同一人物らしいということが」

「だから、正体は何なんだよ」

「ジス・マンの正体はわからないのよ。広告代理店のデマ情報が、現在の有力説ではあるけれど」

「これは嘘じゃない。ジス・マンじゃなく、ジス・ガールだよな。それに、今日だけ、この四人は少なくとも同時に見ているわけだからな」

「いや、ひょっとしたら、他にももっといるかもしれないじゃないか。たまたま、わかったのがこの四人で、ホームルーム時間に梅野のスケッチを皆に見せて、この女性のこと夢に出てきませんでしたか!? とやればもっと名乗り出てきたかもしれない」と北原が首をひねった。

「じゃあ、何故、それをやらなかったの?」と祝川が冷ややかに言い放った。

「そんなこと皆に恥ずかしくって訊けやしない。それに、ぼくたちだけでも、わかることはわかるかなと思ったからさ」北原は口を尖らせた。

「じゃあ、どうぞ。勝手に謎を解明して下さい」

祝川は、そう言って再び本に目を落とした。これ以上、祝川は口を挟まないのだろうか? そう考えると、裕介は、ほっとすると同時に残念な気持ちもある。少なくとも男子四人よりはこんな不思議な現象について、くわしいようなのだ。超常研としては、そうなのかと裕介は確信した。

それ以上の進展はなかった。いろんな意見が出た。霊のようなものの呼びかけではないか? とか、ユングの集団的無意識と関係あるのではないかという説を出したのは、吉永だった。しかし、四人でさまざまな説を出しあっても、正解にたどり着いているかどうかもわからない。四人ともが憶測でしか言っていないのだから。そして、それぞれの説の正誤を言える人もいない。

　結論としては、この経過を毎日報告しあおうということになった。言いだしたのは梅野だった。

「夢に出てこなかったらどうするんだ？」

「出てこなくなったり、興味が薄れたりしたら来なくていいよ。そこまで無理に集まることはないさ」

　もし、今夜の夢で彼女が出てこなくても、きっとここへ来るだろうな、と裕介は思った。出てきたら、皆にも出てきたか確認したいし、出てこなかったら、出てこない理由を知りたい筈だ。だから、梅野の提案に、すぐに同意した。北原も吉永も考えは同じようだった。

　その翌朝も、目を覚ました裕介の脳裏にはたった今まで彼女が手の届くような場所にいた。表情さえも忘れない。

　彼女は道を歩いている。すぐ近くにいる裕介にまったく気がつかぬように。

　海沿いの道路だった。数メートル先にいた。あわててまわりこんだ。だが海風が吹くと、長い黒髪が舞い上がり表情が見えなくなった。夢だから、見たい顔が見えないのだと思ったほどだ。そして目覚める寸前に風がやみ、彼女の横顔がはっきりと見てとれた。

前日は、細部がぼんやりとしていたような気がする。だが、このときは、彼女がどんな服を着ているかまで、はっきりとわかった。長い睫毛、そして白い肌も、頰に浮かんだそばかすも。生成りのざっくりした粗編みのセーター。ダメージだらけのジーンズ。ぱんぱんに膨れあがったナップザックを肩の後ろにかついでいた。そして、彼女が童顔であるにもかかわらず裕介よりも随分と歳上ではないかと思っていた。彼女の目が深い思考をするように思えたからだ。

女は裕介の横を抜き去り、いずこかへ歩いていく。彼の存在に気がついた様子でもなく。裕介は思わず声をかけようとした。しかし、声が出なかった。何を言うべきなのかもわからなかった。

そこで目が覚めた。

裕介は思う。

この夢には、意味がある。夢にこれだけ連日、同じ女性が出てくるなんて。

しかし、なんと魅力的な人なのだろう。謎めいていて。

父親は今朝も、裕介の様子を観察していることがわかった。居間に裕介が入ると父親は新聞を置いて上目使いに裕介を見ていた。そして心配するようなことではない、と安心できたようだ。「問題は自分で解決できたのか？」とだけ言った。

「いや、続けて変な夢見ただけだから」

「夢のことか？　何の夢だ？」と父親は拍子抜けした声を出す。とても夢の内容まで父親に話す気にはならない。きれいな女性が、毎夜現れるなんて。

「うん、もういいんだ。夢の中のことだから」

そう言って家を出た。

微妙に時間が前日と違っていたからだろうか。北原とも梅野とも登校時に会うことはなかった。だが、教室に飛びこんだとき、先に席に着いていた北原は、どうだったというジェスチャーで裕介に尋ねてきた。裕介が、何度か頷いてみせると、吉永と梅野も自分もだというように胸に手をあてて同意するように頷き返してきた。

これほどマン研の部室に行く時間が待ち遠しかったとは。昼食後の休み時間、十分程度の空白の時間に眠ることで、またあの女性に会えるのではないかと思い、裕介は目を閉じてみた。しかし、無駄だった。眠ろうと自分に言いきかせても眠りに入っていくことはできなかった。身体が興奮していたにちがいなかった。

部室では、全員が揃っていた。祝川という超常研の女子も、昨日と同じ場所で本を読んでいた。今日は、猛スピードで部室を目指したつもりだったのに、自分が一番最後だなんて。

部屋に入る裕介に三人は待っていたというように手をひらひらさせる。その奥で本を読んでいた祝川が胡散臭そうに眼鏡を下ろして裕介を見た。祝川という女子は何年でどこのクラスなのだろう？　いつもこの部屋に籠って本を読んでいたから顔を合わせることもなかったということなのだろうと思った。

四人が席に着く。北原が「誰から話す？」と興奮気味に言う。「じゃ、ぼくからいこうか」と北原。裕介は別に異議なかった。

北原の話も裕介の見た夢と似ていた。梅野と吉永も聞き逃さないように耳を傾け何度も頷いていた。吸いこまれそうな瞳の女の人だったと言った。そう言われればそうだと裕介も思う。声をかけられなかったと残念そうに口を歪めた。

次に口を開いたのは梅野だった。「全員が彼女の夢を見たんだろう？」と確認してきた。三人とも「見た、見た」と同意する。それを知った上で「前の夜より、近くで見えなかったか？」と指摘した。確かにそうだ。

「ああ、ただ歩いているんではなく目的があって、その方向へ向かっているようだと思った」と吉永。

皆が同じことを感じているのだと確認できた。

「どこへ向かっているんだろう」と吉永が言う。それは裕介も気になっていることだ。しかし、わかる筈もない。

「皆が、その女性が夢の中で歩いていたことは見ているわけだ。そして、女性以外で、何か覚えていることはないのか？　よく考えてみてくれ。それが、彼女がどこへ向かっているかを知るヒントになるんじゃないかと思う」

「遠くに海が見えた気がする」そう裕介は言った。北原が裕介を指差す。「そのとおりだ。今思い出した。あれは国道だよね。国道57号線の沿岸道路だよ。ぼくは彼女を見る。彼女が、こちらへ歩いてくるとき、海が彼女の左に見えたから。そして、島が二つ見えないか」

「それ、津(つ)の浦(うら)夫婦岩(めおといわ)のことじゃないか？」と吉永が言うと、裕介もそのとおりだと思う。

「とすると、女の人はうちの高校に向かっていることになるじゃないか」

「津の浦夫婦岩が見える位置から、ここ迄(まで)、何キロ離れているんだ？」

「バイクで三十分くらいだから、二十キロくらいじゃないか？」

吉永が立ち上がった。「ちょっと見てくるよ。津の浦夫婦岩のところまで」

　そのまま部室を飛び出していった。

「あいつ。バイク通学なんだよ」

吉永の行動の早さに、皆、感心すべきか、呆れるべきかわからなかった。それほど、裕介たちの現実の世界に夢のできごとが侵食してきているということだった。吉永は津の浦夫婦岩へ行き、女性が本当にいるかどうかを確認せずにはおられなくなったということだ。

「いると思うか？」

「期待しない方がいいよ。もし、いなくても落胆しなくて済むし」と梅野が言った。「夢と現実は違うから。夢のできごとだろう。結局」と冷めた口調なのは自分に言い聞かせるためだ。

「あの人に話しかけようとしたんだ。しかし、声が出なかった。アガったのかもしれないし、何を言えばいいのかわからなかったのかもしれない。とにかく声が出なかった」そう裕介が言うと、北原は意外なことを言った。

「ぼくは、あの人と話したぞ」

「嘘だ！」と裕介と梅野は同時にそう言った。

「本当だ。ぼくに近付いてきたとき、ぼくは言ったんだ。あなたは何故、ぼくの夢に出てくるんですか？　そう尋ねた。すると彼女は足を止めた。そしてぼくの存在に気がついたように驚いた表情をした。そして言ったんだ。ぼくに」

　裕介は悔しかった。何故に彼女は北原とだけ話したのだ。どうして自分は彼女に話しかけることができなかったのだ。

「何て、言ったんだ？」と梅野。

「知らない」と北原は答える。

「は？」

「知らない、と彼女は答えたのさ」ぷっと吹きだしたのは梅野も裕介も同じだった。北原は口を尖らせていた。

「それで気がついたら目が覚めていた。でも、彼女はほかに何も言わなかったが、そのとき彼女の正体がわかったような気がする」

「彼女の正体は何だって？」

「目が覚めたら、それも思い出せないんだよ。悔しくて悔しくて仕方がない」

　裕介は、気配を感じて窓に視線を移した。気のせいだったのか？　いや、祝川が三人をじっと見ていた。

「どうかしたの？　何か超常研としてはコメントとかあるの？」

　裕介は思わず問いかけた。祝川は何も言わない。驚いたように首を横に振り「こちらには心配いらないから。気にしないで」

彼女は、再び本に目を戻した。

時間が経過して、もう陽も暮れようとしたとき、吉永が戻ってきた。右腕にヘルメットを抱えたままで。

「ただいま」

「どうだった?」三人は立ち上がって尋ねる。しかし、吉永の様子だけで、望むものは与えられなかったということがわかった。

「津の浦夫婦岩のところまでバイクで行ってきたよ。君たちが言ったとおり、あのあたりの風景が夢の中に出てきたんだとわかった。久しぶりに行ったけれど、夢の中のとおり過ぎて、驚いた。そして、帰ってきた」

それ以上は吉永は言わなかった。それでも、三人にはわかった。

夢の中に現れた女に会えなかったということが。

裕介は、やはりという気持ちで再び腰を下ろす。残念だと思う気持ちとホッとできた思いが交錯していた。そうではないか。もしも夢の女性が実在していたとしたら、何故、吉永と最初に会わなければならないのか。

「そうだよな。津の浦夫婦岩まで行っても、会えるわけないんだよね。夢の中で見た人なんだから」

梅野が、そう納得したように言った。

北原が、そのとき言った。

「そうだ。ぼくはあの人に名前を訊いた。思い出した。そしたら、あの人は名前なんて、ないってぼくに言った。この人には名前がないんだ、そうぼくは思った。でも名前がない人なんていない筈ない。そう考えたんだ。で、あの人が通り過ぎたときに聞こえた気がした。あの人はエマノンという存在だってわかった。誰かが夢の中でそう言った。女性の声で」

「エマノンが来たの？」

窓の近くで声がした。祝川が立ち上がりこちらを見ていた。本を置いている。

同時に、裕介もわかった。

そうだ。夢の中の女性はエマノンという名だったのだ。北原が名前を思い出した瞬間に、裕介も思い出してしまった。

劇的に。

しかし、何故、祝川が。

梅野が大きく身を揺らしていた。急に梅野は眠りに襲(おそ)われたようだった。ナルコレプシーだということは聞いたことはなかったし、裕介はこれまでの梅野の様子で、そう思えたことはなかった。

吉永も、梅野の変化がおかしいと感じたようだ。吉永は梅野の肩を握り激しく揺すった。

「おい。梅野くん。梅野！　どうしたんだ。大丈夫か？」

梅野の背筋が伸びた。そのとき、はっきりと目を見開いていた。目が覚めている。

「夢だったのか！　彼女が来ている。あの女の人。この部室の外まで」

梅野は、それだけ言った。部室のドアに目は釘付けになっていた。指差したまま。

吉永が、部室のドアに駈け寄り、開いた。

そして、奇跡がそこにあった。

若い女が、そこに立っていた。

長い黒髪と粗編みのざっくりしたセーター。長いこと穿いているらしいダメージジーンズ。ぱんぱんに膨れあがったナップザックを右手に下げている。

彼女は小首を傾げて左掌を上げて、はい！　と言った。

四人は、あんぐりと口を開いてその場に立ちつくしていた。やっと、裕介が先ほど心の中で思い浮かんだ名前で呼んだ。

「エマノンですか？」

若い女は、悪戯っぽい表情で肩をすくめる仕草をして、頷いた。

「名前は、あってもないのと同じ。でも、そう呼んでもらうことが多いから、それでいいわ」

　それから、彼女は、窓際に視線を移した。

「ヒカリ。ごめんなさい。ここがわからなかった。彼等が導いてくれたの」

　そうエマノンは言った。裕介は戸惑う。ヒカリ……？　ヒカリって。

　その向こうにいたのは、超常現象研究会の祝川だった。祝川は、ヒカリという名前だったのだろうか？

　そして祝川とエマノンが知り合いだったなんて。どうして梅野が描いたスケッチを見ても祝川は何も言わなかったのだ。だから、一番、不思議なのは、梅野の筈だ。前から、超常研の祝川とは顔見知りだったわけだし。

「祝川はエマノンを知っているの？　どうしてぼくのスケッチを見て、知っているって教えてくれなかったんだ」

　それだけはやっと言った。

「ごめんなさい。私はヒカリだけれど、祝川という名じゃないわ。私は時を超えて放浪する根無し草だから、この時間軸で目立たぬように、そんな地味な名前を名乗ったにすぎないのよ。未来のエマノンから聞いたのよ。この時代に私はエマノンとここで会ったって。だから、ずっと、ここで私は待っていたのよ。嬉しかった。梅野くんがエマノンのスケッチをそこに貼ったときは。もうすぐに、私はエマノンと会うことができるんだ、と知ることができて」

裕介だけではない。祝川とエマノン以外はまだ不可解なままでいる。ジグソーパズルのピースがうまくはまらずに迷ったままの状態なのだ。まだ、ことの意味がわからずにいる。

「私だけでは、エマノンを探せなかった。だから、私に代わって梅野くんの心が発信してくれたの。その梅野くんの心を三人が増幅してくれた。それをエマノンはたどってくれたのよ」

「祝川さんのことを考えたことはなかったのに」と北原は首をひねる。

「それでいいの。それで充分にエマノンには、私の反応として伝わっていたの。ごめんなさい」

「それは、ぼくたちに、そのような特殊な能力が備わっていたということか？　それとも、祝川ヒカリが、そんな能力を持っているということ？」

「どちらでもない。もし、そう仕向けているものがあるとしたら……それはエマノンの方が知っているかもしれない」

エマノンにもそれはわからないのかもしれない。少し口を開くのに時間があった。

「私とヒカリのことを知っているものは誰もいない。もし、知っている存在がいるとすれば、それは……」

ナップザックを置き、エマノンは両手で大きく空を描くような仕草をしていた。けっして大仰な表現ではなく、あたかも、世のすべてに敬意をはらっているかのように。それは、自分を取り巻くものすべてというようでもあり、地球そのものを示しているようでもあり、天の高みから自分たちを見下ろしているものの存在のようだった。少なくとも裕介の目には、そのように見えた。

「それは……私とヒカリを見守ってくれている存在がいるということの証ではないかしら」

言葉には出さないが、裕介も他の三人も、夢の世界から現実世界に現れた彼女の言うことなら、どんなに突飛なことでもあり得ると思っていた。と言うより、今が夢の続きではないのかとさえ思えていた。

「祝川さんて、本当の名前じゃないの？」と吉永が尋ねた。

「本当の名前じゃない。私はヒカリ。エマノンに会う迄、便宜上、この時間で、そう名乗っていただけ。次の時間に跳んだらその時代のエマノンを探すわ。もっと先の未来だったり、大昔の過去だったり。ね、エマノン」

そう笑ってヒカリは言った。祝川と名乗ったときにはけっして見せなかった笑顔だった。

そして、ヒカリは眼鏡をはずした。厚めだったレンズで本来のヒカリの顔立ちが隠されていたことをそのとき知った。さっきまで気付かずに近くにいた静かな少女がこれほど魅力的な少女だったとは。

「ヒカリ……ヒカリとエマノンはどのくらい昔から知っているんだ？　ヒカリは必ず、その時間のエマノンと会うんだろう？」

「そう。これは私とエマノンのお約束だから必ず会うの。もう、何百万年も前から。いや何千万年も前から」

裕介は、ヒカリの言うことに眩暈さえ感じていた。何千万年ってまだこの地球に人がいなかった時代ではないか。

「その頃から、エマノンはこの世にいたというの？　まさか、そんなに長寿だなんて。妖怪みたいだ」裕介は、思ったとおりを口にした。

いや、こんなに美しくて長寿なら妖怪かもしれない。そうであっても不思議ではない。

「今の私は生まれていない」とエマノンが答えた。「でも私の祖先はその時代からいた。生命は時の鎖のようなもの。遠い遠い先祖から代を重ねて今の私に繋がっている。そして私が特殊なのは、その遠い遠い先祖からの記憶を代々持ち続けているということ。だから、ヒカリとずっと昔の代に会っていても、ヒカリの記憶は残っている。友だちでいる記憶も残っている。私が、まだ人と呼べない頃のことも、ヒカリは知っているのよ」

　裕介は思った。今、このエマノンが言っていることを理解したつもりだが、その理解は正しいのだろうか？　あまりにも時に対してのイメージが厖大すぎて自信が持てずにいる。しかし、他に理解しようがないではないか。

「ありがとう、梅野くん。そして梅野くんに協力してくれた北原くん、久屋くん、吉永くん。四人だったからこそエマノンと会えたんだと思う。私、エマノンに伝えなければならないことが山のようにあるのよ。皆のおかげよ」

　吉永が、まだ腑に落ちない様子だった。

「こんな話は聞いたことがない。いや、聞いただけで、こんな話が本当なら世の中でもっと騒がれることになると思う。これは、ヒカリとエマノンの凄い秘密なんじゃないのか？　こんな話が世の中に広がってもいいのか？」

「広がらないわ」とヒカリが断定した。

「どうして」と皆が声を合わせて問い返す。

「私と会った人は、私がいなくなると私に関する記憶がなくなるの。だから、私のことが世の中に広がることはないわ」

「じゃあ、ぼくたちも」

「そう。だから、私たちを会わせてくれたことは感謝するわ。エマノンを導いてくれて。そしてごめんなさい。これしか、この時間ではエマノンと出会う方法はなかったの」

「いつ、記憶を失うんだい？　きみたちの。ぼくは忘れたくない。エマノンにやっと会えたのに。会いたくてたまらなかったのに」

「ごめんなさい。私が一緒だから。エマノンだけなら記憶を失うことはなかったのに」

「いつ、エマノンとヒカリの記憶はなくなるんだ」と吉永がつらそうに尋ねた。

「私たちがいなくなったら、自然に。急に思いだせなくなるか、徐々にそうなるかはわからないけれど」そう言うと、ヒカリは梅野が貼った夢の中のエマノンの画を剝がした。そしてヒカリは言った。「これはない方がいいわ。私が持って行く。私とエマノンはもう、行くわ。もう一度、みんなありがとう。さようなら」

「もう会えないのか？」と北原が叫ぶように言うと「ええ」とヒカリが答えた。

「エマノン。最後にもう一度、ちゃんと見ておきたい。夢じゃなかったことを。忘れないように目に焼きつけておきたい」と北原の声は泣きそうだった。それは裕介も同じだった。

　これは夢じゃない。エマノンは実在したんだ。エマノンのところへ四人が駆け寄る。そして見つめた。誰もが言葉を発することができなかった。これで、忘れない。エマノンが去っても。四人は納得し、エマノンとヒカリに頷いた。

エマノンとヒカリはもう一度、「ありがとう」と言うと部室を出ていった。

その後を追う気にはとてもなれなかった。ただ、裕介はぽっかりと胸に穴があいたような気分を味わっていた。

北原たちは無口だった。吉永も梅野も口を利けばエマノンのおもかげを忘れてしまうのではないかと怖(おそ)れているようだった。そして、バス停で皆は別れた。

裕介はバスに乗る気にはなれなかった。歩いて帰るつもりだった。三十分ほど帰宅時間が変わるにすぎない。

その間、裕介はエマノンのことを想っていた。彼女のことを絶対に忘れないように。ヒカリが言っていたことは、本当なのだろうか？　いつまでエマノンのことを憶えていられるのだろうか。今日いっぱい？　帰宅するまで？

いやだ。忘れたくない。エマノンのことだけを考えよう。他のことを考えてはいけない。

そして、裕介を奇跡が待っていた。

裕介が角を曲がると小さな公園があり、そこにエマノンとヒカリがいた。裕介は目を疑った。何故、二人がここにいる？

　裕介は自分の胸が激しく脈打つのを感じた。こんなことって。言葉も出ない。立ちすくんだままだ。エマノンは夢の中より美しいし、眼鏡をはずしたヒカリもとても魅力的だった。手にした丸めた紙は梅野のスケッチだろう。

「待ってたわ。久屋裕介くん」とヒカリが言った。そしてエマノンにも伝える。「裕介くんよ」と。裕介は生唾を飲みこんでいた。

　エマノンは頷き、裕介の前に立った。

「裕介さん。ヒカリからあなたのことを聞きました。私でいいのですか？」

　裕介は耳を疑った。私でいいって？

「それはどういうこと？」

「私と裕介さんが未来で結ばれるんだということを。ヒカリがこの時間に来る前に見たこと。私でいいのですか？　私を好きでいてくれるのですか？」

　裕介は、やっと理解した。時を跳ぶヒカリが未来で結婚したエマノンと裕介の姿を見て報告したのだということを。

　もちろんだ。きまっている。

「本当ですか？　エマノン。ずっと一緒にいたい。ずっと仲良くできる自信があります」

「ありがとう。でも、子供が生まれたら、私は抜け殻になってしまいます。そして生まれた女の子は私たちのところからいなくなる筈です。それでも、私でいいですか」

　生まれてこの方、裕介は女性とまともに言葉を交わしたことはない。どう話せば、異性に自分の気持ちが伝わるのか不安だった。しかし、必死で伝えるしかない。

「大丈夫です。もし、エマノンがすべての記憶をなくしてもかまわない。それからは、ぼくが一緒に過ごします。ぼくが楽しい思い出だけでエマノンの心を満たすようにします」

　エマノンが頭を下げて「ありがとう。嬉しいわ」と言った。「また、裕介さんのところに戻ってきます。それまで待っていて下さい」

「いつ戻ってくるんですか？」

「私の身体の年齢は、十四歳だから、あと八年後くらいかしら。裕介さんが二十五歳になった頃。それ迄、私のこと忘れていると思う。でも、いいんです。そのとき私のことを思い出さなくても。気にいってもらえたら」

　すると、ヒカリが悪戯っぽく笑った。

「少しだけ教えてあげる。私、未来で赤ちゃんのエマノンを抱っこするのよ。桜並木の花の下で。あなたとエマノンの愛の結晶を」

　すべてを正確に理解することは、裕介には無理のようだ。何よりも驚いたのは、大人びたエマノンの肉体年齢が十四歳だったということ。自分よりも、ずっと大人だと思っていたのに。そして、これこそが重要だった。エマノンとまた数年後には会えるということ。

そんな大事なことを忘れる筈がない。

「じゃあ、私たち行くわ」エマノンとヒカリが裕介に背中を向けた。見送りながら、裕介は忘れない。絶対に忘れないと、繰り返し呟き続けた。

自宅のドアを開けたとき、裕介は父親から声をかけられた。

「おっ。今日は遅かったのか？」

「父さんは早かったじゃないか。どうしたの」

「いや、ときどきは裕介と飯喰おうと思ってな。いい顔になってるじゃないか。いいことあったのか？」

「いや、別に」いい顔になっているのだろうか？　と裕介は思う。それから、ふと思う。何があったのか思いだせずにいる。学校を出た前後のことをよく覚えていない。悪いことではない気がするのだが。

カバンを置こうとして気がつく。カバンから丸めた白い紙筒が突き出ていた。紙を取り広げる。「これは」と思わず口にする。

髪の長い美しい女性の画だった。誰が描いたものだろう。そして、誰を描いたものだろう。なつかしい気になるのだが。

気に入った。

誰にも見られない机の奥に、そのスケッチを隠すと、リビングで呼ぶ父親に返事しながら、裕介は抽斗（ひきだし）をゆっくりと閉めた。

単行本版あとがき

何冊目のエマノンシリーズになるのでしょうか?

エマノンを待っていてくれたあなた。本当にありがとうございます。やっと新しい本を出すことができてほっとしています。

そろそろエマノンと会いたいな、と思わないとペンをとらないので、数年ぶりの本ということになります。

ただ、今回の短篇集では特徴的なことが一つあります。『たゆたいエマノン』掲載中の三作にヒカリという女性が絡んでくるのです。

ヒカリが初めて登場するのは、『おもいでエマノン』(徳間文庫刊)に収録の「あしびきデイドリーム」です。時をジャンプする女性で、エマノンの無二の親友です。エマノンと同様に私はヒカリにも強く魅かれてしまい、いつか再登場させたいと考えていました。

だから、発表順ではなく「あしびきデイドリーム」と表裏をなす「たゆたいライトニング」を冒頭に持ってきました。

できれば、「あしびきデイドリーム」も一緒に読んでいただくと二乗で楽しめると思います。

これからも思いだしたように、狂言まわしでヒカリが登場するかと思いますが、皆さまにはエマノン同様、可愛がって頂けることを祈っております。

二〇一七年三月

梶尾真治

［エマノンの軌跡］

道程

徳間文庫（各巻に収録）

『おもいでエマノン』①
『さすらいエマノン』②
『まろうどエマノン』③
『ゆきずりエマノン』④
『うたかたエマノン』⑤
『たゆたいエマノン』⑥

おもいでエマノン　「SFアドベンチャー」1979年12月号　①
たそがれコンタクト　「SFアドベンチャー」1980年12月号　①
ゆきずりアムネジア　「SFアドベンチャー」1981年12月号　①
さかしまエングラム　「SFアドベンチャー」1982年2月号　①
しおかぜエヴォリューション　「SFアドベンチャー」1982年5月号　①
とまどいマクトゥーヴ　「SFアドベンチャー」1982年9月号　①
うらぎりガリオン　「SFアドベンチャー」1982年12月号　①
さすらいビヒモス　「SFアドベンチャー」1984年11月号　②
まじろぎクリィチャー　「SFアドベンチャー」1986年6月号　②
あやかしホルネリア　「SFアドベンチャー」1987年4月号　②
まほろばジュルパリ　「SFアドベンチャー」1991年4月号　②
いくたびザナハラード　「SFアドベンチャー」1992年1月号　②

あしびきデイドリーム　「SF Japan MILLENIUM00号」2000年4月 ①

かりそめエマノン　徳間デュアル文庫 2001年10月 書下し ③

まろうどエマノン　徳間デュアル文庫 2002年11月 書下し ③

おもかげレガシー　光文社文庫 2006年8月『異形コレクション XXXVI 進化論』④

ぬばたまガーディアン　『SF Japan 2007 SPRING』2007年3月 ④

いにしえウィアム　『SF Japan 2008 WINTER』2008年12月 ④

あさやけエクソダス　『SF Japan 2010 AUTUMN』2010年11月 ④

うたかたエマノン　「読楽」2012年5月号～2013年4月号 ⑤

ともなりブリザード　「読楽」2014年2月号 ⑥ ※本書

さよならモイーズ　「読楽」2015年1月号 ⑥ ※本書

たゆたいライトニング　「読楽」2015年12月号 ⑥ ※本書

ひとひらスヴニール　伽鹿舎 2016年 Spring『片隅02』⑥ ※本書

けやけしドリームタイム　「読楽」2017年2月号 ⑥ ※本書

本書は２０１７年４月徳間書店より刊行されたものに、加筆修正をいたしました。なお、本作品はフィクションであり実在の個人・団体などとは一切関係がありません。

徳間文庫

たゆたいエマノン

2020年4月15日　初刷

著者　梶尾真治（かじおしんじ）

発行者　小宮英行

東京都品川区上大崎三-一-一　〒141-8202
目黒セントラルスクエア

発行所　株式会社徳間書店

電話　編集〇三（五四〇三）四三四九
販売〇四九（二九三）五五二一

振替　〇〇一四〇-〇-四四三九二

印刷
製本　大日本印刷株式会社

ISBN978-4-19-894549-7　（乱丁、落丁本はお取りかえいたします）